So versteh ich Mathe: ZP NRW

Eine leicht verständliche Vorbereitung auf die zentrale Prüfung in Mathematik

Ein großer Dank an dieser Stelle geht an Alex und insbesondere Andreas, die mir besonders beim Cover und Titel geholfen haben. Ohne Euch wäre das nicht so schön geworden, wie es jetzt ist!

Weiterhin möchte ich mich bei Ingrid bedanken, die mir geholfen hat, die alte Auflage zu überarbeiten und dafür viel Zeit investiert hat. Bei den nächsten Projekten wirst du mich als Mitautorin unterstützen. Ich freue mich auf erfolgreiche Projekte mit dir! Ohne dich hätte ich diese Neuauflage nicht so hinbekommen!

DANKE!!!

So versteh ich Mathe: ZP NRW

Eine leicht verständliche Vorbereitung auf die zentrale Prüfung in Mathematik

von

Florian Kniedler

Bibliografische Information der Deutschen Nationalbibliothek

Die Deutsche Nationalbibliothek verzeichnet diese Publikation in der Deutschen Nationalbibliografie; detaillierte bibliografische Daten sind im Internet über http://dnb.d-nb.de abrufbar.

Herstellung und Verlag:

Books on Demand GmbH, Norderstedt

ISBN: 978-3-7431-8799-3

Inhaltsverzeichnis

1 Grundlagen 9

 1.1 Mengen 10

 1.2 Grundrechenarten 12

 1.3 Rechengesetze 13

 1.4 Bruchrechnung 15

  1.4.1 Grundbegriffe 15

  1.4.2 Grundrechenarten 19

 1.5 Zuordnungen / Dreisatz 21

 1.6 Prozent- und Zinsrechnung 24

  1.6.1 Zinseszins 27

 1.7 Terme 28

 1.8 Lineare Gleichungen 31

 1.9 Maßeinheiten 33

 1.10 Vermischte Übungsaufgaben 35

2 Funktionen und Algebra 37

 2.1 Potenzen 37

 2.2 Wurzeln 38

 2.3 Funktionen 39

  2.3.1 Funktionsbegriff 39

  2.3.2 Proportionale und lineare Funktionen 42

  2.3.3 Quadratische Funktionen 46

  2.3.4 Potenzfunktionen 53

  2.3.5 Exponentialfunktionen 54

 2.4 Lineare Gleichungssysteme 56

 2.5 Quadratische Gleichungen 60

3 Vielecke und Körper 62

 3.1 Grundbegriffe der Geometrie 62

 3.2 Umfangs- und Flächenberechnungen 64

  3.2.1 Umfangs- und Flächenformeln 65

  3.2.2 Umfänge und Flächen berechnen 66

  3.2.3 Zusammengesetzte Flächen 69

 3.3 Körperberechnungen 70

  3.3.1 Oberflächen- und Volumenformeln 70

  3.3.2 Oberflächen- und Volumenberechnungen 71

4	Sätze in der Geometrie		72
4.1	Flächensätze		72
4.1.1	Satz des Pythagoras		72
4.1.2	Höhensatz		74
4.1.3	Kathetensatz		74
4.2	Strahlensätze		76
5	Trigonometrie		79
5.1	Sinus / Kosinus / Tangens		79
5.2	Sinussatz / Kosinussatz		81
6	Daten und Diagramme / Statistik		83
6.1	Grundbegriffe der Statistik		83
6.2	Diagramme erstellen		85
6.2.1	Boxplots		85
6.2.2	Andere Diagrammarten		86
6.2.2.1	Säulendiagramm		87
6.2.2.2	Balkendiagramm		87
6.2.2.3	Kreisdiagramm		88
7	Wahrscheinlichkeitsrechnung		89
7.1	Grundbegriffe		89
7.2	Einstufige Zufallsexperimente		89
7.3	Mehrstufige Zufallsexperimente		91
8	Aufgaben im Stile der Abschlussprüfung		94
8.1	Aufbau der Prüfung		94
8.2	Prüfung 1		95
8.3	Prüfung 2		99
8.4	Prüfung 3		104
9	Lösungen		109
9.1	Lösungen Übungsaufgaben		109
9.1.1	Lösungen: Prüfung 1		121
9.1.2	Lösungen: Prüfung 2		123
9.1.3	Lösungen: Prüfung 3		126

Vorwort

Liebe Schülerinnen, liebe Schüler,

ich bin studierter Mathematiker und gebe seit 1999 Nachhilfe im Fach
Mathematik. Nach dem Abschluss meines Studiums 2007 habe ich an einer
Privatschule in Wesseling unterrichtet und SchülerInnen auf die zentralen
Prüfungen zum Realschulabschluss vorbereitet. Seit Sommer 2013 unterrichte
ich an einem Gymnasium bei Lüneburg. Mir ist es immer wichtig, dass alle
SchülerInnen die Möglichkeit haben, die Mathematik nicht nur nachvollziehen
oder anwenden zu können, sondern sie auch wirklich zu verstehen. Mit dieser
Einstellung bereite ich seit der Einführung der zentralen Prüfungen in NRW
Schülergruppen unter anderem auf diese Prüfungen vor. Dabei hat sich
herausgestellt, dass direkt vor dieser Prüfung vieles wiederholt werden muss.
Zudem habe ich im Laufe der Zeit mehr und mehr herausgefunden, wo die
meisten Probleme liegen und was den SchülerInnen besonders schwerfällt. Aus
dieser Erfahrung heraus ist dieses Buch entstanden.

Dieses Buch soll euch also helfen, euch auf die Prüfung vorzubereiten und
diese erfolgreich zu bestehen.

Solltet ihr irgendwelche Fragen, Anregungen, Lob oder auch Kritik haben,
scheut euch nicht, mir diese mitzuteilen. Besucht die Website

www.so-versteh-ich-mathe.de

und nehmt dort mit mir Kontakt auf. Oder schreibt mir direkt eine Mail an:

info@so-versteh-ich-mathe.de

Ansonsten hoffe ich, dass ihr gut mit den Erklärungen zurechtkommt und
dann mit der Prüfung kein Problem mehr habt. Ein Professor sagte einmal zu
uns, dass er uns kein Glück wünscht, denn das brauchen nur diejenigen, die
unvorbereitet in eine Prüfung gehen. Deshalb hat er uns viel Erfolg gewünscht.

Dies werde ich genauso handhaben, denn wenn ihr mit dem Buch arbeitet,
habt ihr euch hoffentlich gut vorbereitet.

Also viel Erfolg für die Prüfung, natürlich nicht nur für Mathe, sondern auch
für die anderen Fächer.

Florian Kniedler

1 Grundlagen

In diesem Kapitel werden noch einmal kurz und knapp die Grundlagen wiederholt, die zwar nicht einzeln abgefragt, aber in den einzelnen Aufgaben vorausgesetzt werden. Besonders wichtige Grundlagen werden in diesem Kapitel ausführlicher behandelt (wie z.B. Gleichungen, Prozentrechnung, usw.).

Am Ende des Kapitels gibt es einen kleinen Test über diese Grundlagen. Wer also meint, dass er hier keine besondere Übung benötigt, kann auch einfach diesen Test bearbeiten und daran sehen, ob er sich richtig eingeschätzt hat und dieses Kapitel überspringen kann oder nicht.

In der Mathematik gibt es ein paar grundlegende Begriffe, die bekannt sein sollten.

1.1 Mengen

Es gibt einige Grundmengen, die in der Schule nach und nach eingeführt wurden.

Die erste dir bekannte Menge ist die Menge der

natürlichen Zahlen $\mathbb{N}$

$$\mathbb{N} = \{1; 2; 3; 4; \dots\}$$

Diese Menge umfasst also alle Zahlen, die in der „Natur" vorkommen und die man z.B. mit den Fingern zählen kann. Teilweise zählt auch die 0 zu den natürlichen Zahlen. Ich habe sie jetzt hier herausgelassen und definiere die Menge der natürlichen Zahlen mit der 0 gesondert als

$$\mathbb{N}_0 = \{0; 1; 2; 3; 4; \dots\}$$

Macht man dies nicht, müsste man die Menge der natürlichen Zahlen ohne die 0 extra definieren.

Dann gibt es die Erweiterung dieser Menge in den negativen Bereich, die sogenannten **ganzen Zahlen** $\mathbb{Z}$

$$\mathbb{Z} = \{0; 1; -1; 2; -2; 3; -3\}$$

Als nächstes gibt es noch die Menge der **rationalen Zahlen** $\mathbb{Q}$

$$\mathbb{Q} = \{\tfrac{a}{b} \,|\, a \in \mathbb{Z}; b \in \mathbb{N}\}$$

Diese Menge sieht etwas kompliziert aus. Die Schreibweise bedeutet einfach nur, dass jede Zahl, die sich als Bruch schreiben lässt, eine rationale Zahl ist. Dies gilt sowohl für positive als auch für negative Zahlen. Daher kann das a (also die Zahl im Zähler) auch eine ganze Zahl, also eine positive oder negative Zahl sein. Da im Nenner keine 0 stehen darf, zeigt sich hier, dass es sinnvoll war, die Menge der natürlichen Zahlen ohne die 0 zu definieren. Sonst hätten wir diesen Fall hier ausschließen müssen.

Es gibt nun aber immer noch Zahlen, die sich nicht als Bruch schreiben lassen. Das sind z.B. $\sqrt{2}$ oder π. Diese Zahlen haben die Gemeinsamkeit, dass sie nicht endende und nicht periodische Zahlen sind. Sie sind dann in der Menge der **reellen Zahlen** $\mathbb{R}$ enthalten. Dies ist also die Menge aller dir bekannten Zahlen.

Insbesondere gilt bei dieser Aufzählung, dass alle natürlichen Zahlen auch ganze Zahlen, rationale Zahlen und reellen Zahlen sind.

Hier ist dieser Zusammenhang nochmals graphisch dargestellt.

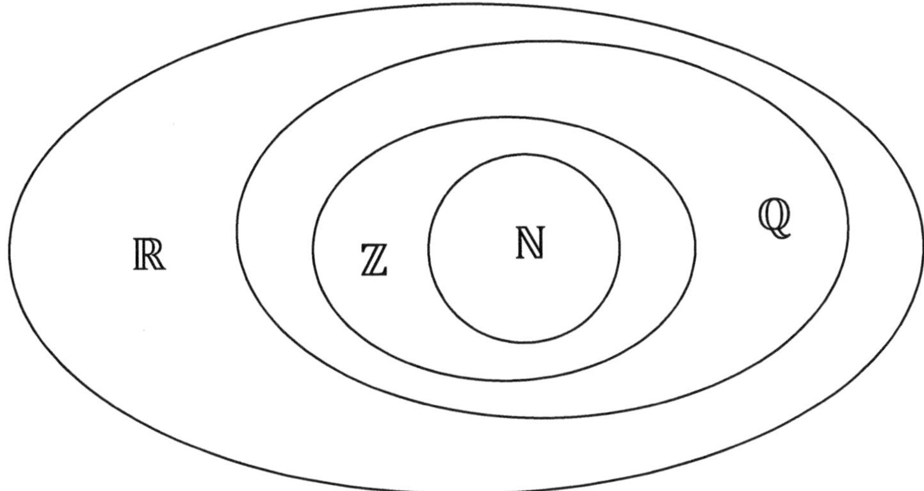

Im Inneren sieht man die Menge der natürlichen Zahlen, die komplett in der Menge der ganzen Zahlen liegt. Damit ist jede natürliche Zahl auch eine ganze Zahl. Die Menge der ganzen Zahlen liegt wiederum komplett in der Menge der rationalen Zahlen, welche wieder in der Menge der reellen Zahlen liegt.

1.2 Grundrechenarten

Es gibt insgesamt vier Grundrechenarten.

- Addition

- Subtraktion

- Multiplikation

- Division

Bei jeder Rechenart gibt es feststehende Begriffe, die wie folgt aussehen (a, b, c und d sind im Folgenden beliebige reelle Zahlen, wobei d nicht die 0 sein darf):

Addition:

$$\underbrace{a}_{1.Summand} + \underbrace{b}_{2.Summand} = \underbrace{c}_{Summe}$$

Beispiel:

$$5 + 3 = 8$$

Hier ist 5 der **1. Summand**, 3 der **2. Summand** und 8 ist die **Summe** der beiden Summanden.

Subtraktion:

$$\underbrace{a}_{Minuend} - \underbrace{b}_{Subtrahend} = \underbrace{c}_{Differenz}$$

Beispiel:

$$5 - 3 = 2$$

Hier ist 5 der **Minuend**, 3 der **Subtrahend** und 2 ist die **Differenz** von Minuend und Subtrahend.

Multiplikation:

$$\underbrace{a}_{1.Faktor} \cdot \underbrace{b}_{2.Faktor} = \underbrace{c}_{Produkt}$$

Beispiel:

$$5 \quad \cdot \quad 3 \quad = \quad 15$$

Hier ist 5 der **1. Faktor**, 3 der **2. Faktor** und 15 ist das **Produkt** der beiden Faktoren.

Division:

$$\underbrace{a}_{Dividend} : \underbrace{d}_{Divisor} = \underbrace{c}_{Quotient}$$

Beispiel:

$$6 \quad : \quad 3 \quad = \quad 2$$

Hier ist 6 der **Dividend**, 3 der **Divisor** und 2 ist der **Quotient** aus Dividend und Divisor.

Hier ist es wichtig, dass der Divisor niemals 0 sein darf, (daher habe ich hier d genommen) denn durch 0 darf man niemals teilen!

1.3   Rechengesetze

Beim Rechnen müssen einige Gesetze beachtet werden. a, b und c sind wieder beliebige rationale Zahlen.

Kommutativgesetz:

Das **Kommutativgesetz** (oder auch **Vertauschungsgesetz**) gilt sowohl bei der Addition als auch bei der Multiplikation.

$$a + b = b + a \quad und \quad a \cdot b = b \cdot a$$

Beispiel: $\qquad 3 + 2 = 2 + 3 \quad und \quad 3 \cdot 2 = 2 \cdot 3$

Es ist also egal, ob man 3+2 oder 2+3 rechnet. Es ergibt beide Male 5.

Assoziativgesetz:

Das **Assoziativgesetz** (oder auch **Vereinigungsgesetz**) gilt ebenfalls sowohl bei der Addition als auch bei der Multiplikation.

$$(a + b) + c = a + (b + c) \quad und \quad (a \cdot b) \cdot c = a \cdot (b \cdot c)$$

Beispiel:

$$(2 + 3) + 4 = 2 + (3 + 4) \quad und \quad (2 \cdot 3) \cdot 4 = 2 \cdot (3 \cdot 4)$$

Auch hier ist es egal, ob man bei einer Addition oder Multiplikation erst die ersten beiden Summanden (bzw. Faktoren) oder die letzten beiden addiert (bzw. multipliziert).

Distributivgesetz:

Das **Distributivgesetz** (oder auch **Verteilungsgesetz**) verbindet die beiden Rechenarten Addition und Multiplikation (oder auch Subtraktion und Division usw.) miteinander.

$$(a + b) \cdot c = a \cdot c + b \cdot c$$

Beispiel:

$$(2 + 3) \cdot 4 = 2 \cdot 4 + 3 \cdot 4$$

Punkt- vor Strichrechnung:

Eine weitere wichtige Regel ist die Punkt- vor Strichrechnung. Achte immer auf diese Regelung und achte auch bei der Eingabe in den Taschenrechner darauf, da dieser die Regel immer berücksichtigt.

Beispiel:

$$5 + 3 \cdot 4 \neq 8 \cdot 4 = 32 \ , \text{sondern} \ \ 5 + 3 \cdot 4 = 5 + 12 = 17$$

Diese Regel solltest du dir immer wieder bewusst machen. Leider wird sie allzu häufig vergessen und es entstehen Fehler, die unnötig und überflüssig sind. Mache es dir immer wieder bewusst, wenn du etwas zusammenrechnen sollst oder etwas mit dem Taschenrechner berechnest. Der Taschenrechner rechnet auch immer nur so, wie du es ihm sagst.

1.4 Bruchrechnung

Die Bruchrechnung ist grundsätzlich ein sehr wichtiges Thema der Mathematik. Daher werde ich zwar alle Teile behandeln, aber da du in der Prüfung aber einen Taschenrechner benutzen darfst, werde ich es nicht zu ausführlich vorstellen. Alles was du wissen und können musst, kannst du hier verstehen. Zusammen mit deinem Taschenrechner sollte es dann kein Problem mehr sein. Du solltest dich aber mit dem Thema Bruchrechnung nochmals genau auseinandersetzen, wenn du damit Probleme hast. Es wird dir auch nach der Prüfung immer wieder begegnen. Sei es in der Oberstufe oder in der Berufsschule während der Ausbildung oder auch im sonstigen Alltag. Brüche kommen überall vor, auch wenn man es nicht unbedingt erwartet. Als erstes hier eine kleine Übersicht über die wichtigsten Begriffe:

1.4.1 Grundbegriffe

Begriff	Erklärung
Bruch	Ein Bruch ist der Anteil eines Ganzen.
Nenner	Der Nenner ist der Wert unter dem Bruchstrich. Er gibt an, in wie viele gleichgroße Teile ein Ganzes zerteilt werden soll. Bsp.: $\frac{2}{3}$ Hier ist der Nenner 3.
Zähler	Der Zähler ist der Wert über dem Bruchstrich. Er gibt an, wie viele gleichgroße Teile vom Ganzen genommen werden. Bsp.: $\frac{2}{3}$ Hier ist der Zähler 2.
Bruchstrich	Der Bruchstrich trennt Zähler und Nenner.
echter Bruch	Bei einem echten Bruch ist der Zähler kleiner als der Nenner Bsp.: $\frac{2}{3}$
unechter Bruch	Bei einem unechten Bruch ist der Zähler größer als der Nenner. Bsp.: $\frac{4}{3}$

gemischte Zahl	Eine gemischte Zahl besteht aus einer ganzen Zahl und einem Bruch. Bsp.: $1\frac{2}{3}$ (eigentlich bedeutet dies $1\frac{2}{3} = 1 + \frac{2}{3} = \frac{5}{3}$)
erweitern	Einen Bruch erweitern heißt, Zähler und Nenner mit der gleichen Zahl zu multiplizieren. Der Wert des Bruchs verändert sich dabei nicht. Bsp.: $\frac{2}{3} = \frac{6}{9}$ (hier wurde mit 3 erweitert)
kürzen	Einen Bruch kürzen heißt, Zähler und Nenner durch die gleiche Zahl zu dividieren. Der Wert des Bruchs verändert sich dabei nicht. Bsp.: $\frac{12}{20} = \frac{3}{5}$ (hier wurde durch 4 gekürzt)
Kehrwert	Der Kehrwert eines Bruches ist der Bruch, bei dem Zähler und Nenner vertauscht sind. Bsp.: *Original*: $\frac{3}{5}$ *Kehrwert*: $\frac{5}{3}$

Wie bestimmt man nun solche Bruchteile? Hier ein kleines **Beispiel:**

In einer Schulklasse sind insgesamt 25 Kinder. 16 davon sind Jungen. Wie groß ist der Anteil der Mädchen?
Da nach den Mädchen gefragt ist, muss man zuerst die Zahl der Mädchen berechnen:
$25 - 16 = 9$. Es sind also 9 Mädchen in der Klasse. Dies muss also der Zähler sein. Der Nenner ist 25, da insgesamt 25 Kinder in der Klasse sind.

Damit lautet die Lösung:
$\frac{9}{25}$ der Kinder sind Mädchen (und $\frac{16}{25}$ sind Jungen).

Ein zweites Beispiel: In einem Sportverein sind insgesamt 130 Kinder angemeldet.
Davon sind $\frac{73}{130}$ Jungen. Wie viele Jungen und wie viele Mädchen sind angemeldet?

16

Die Anzahl der Kinder und der Nenner von $\frac{73}{130}$ stimmen überein. Damit gibt der Zähler die Anzahl der Jungen an. Es sind also 73 Jungen. Zudem sind $130 - 73 = 57$ Mädchen im Verein.

Hier ist es wichtig zu wissen, dass 130 Kinder im Verein sind. Ohne diese Angabe könnte man diese Aufgabe nicht immer eindeutig lösen.

<u>Übungsaufgaben: Bruchteile erkennen und bestimmen (Lösung S. 109)</u>

<u>Aufgabe 1:</u>

In einer Schule sind insgesamt 560 Kinder angemeldet. 273 davon sind Mädchen.

a) Wie groß ist der Anteil der Mädchen an dieser Schule?

b) Und wie groß ist der Anteil der Jungen?

<u>Aufgabe 2:</u>

In einer Eisdiele gibt es insgesamt 31 Sorten Eis.

a) Karl kauft insgesamt 4 verschiedene Kugeln Eis. Welchen Anteil der verschiedenen Sorten hat er also probiert?

b) Karla kauft ebenfalls 4 Kugeln Eis. Sie nimmt aber 2 Kugeln Vanille und 2 Kugeln Schokolade. Welchen Anteil der verschiedenen Sorten hat sie also probiert?

c) Frank hat insgesamt $\frac{3}{31}$ der Sorten probiert. Wie viele Kugeln muss er mindestens gekauft haben? Kannst du auf jeden Fall genau sagen, wie viele Kugeln er gekauft hat?

Aufgabe 3:

Bei der Wahl zum Klassensprecher hat Frank 12 Stimmen, Judith 8 Stimmen, Julian 7 Stimmen und Hanna 1 Stimme erhalten. 1 Stimme war ungültig.

a) Welchen Anteil der abgegebenen Stimmen haben die Kandidaten jeweils erhalten?

b) Welcher Anteil war ungültig?

c) Welchen Anteil der gültigen Stimmen haben die Kandidaten jeweils erhalten? Erkläre den Unterschied zu Aufgabenteil a)!

Aufgabe 4:

In einem Karnevalsverein sind insgesamt $\frac{121}{333}$ weibliche Mitglieder. Der Verein hat zusammen 333 Mitglieder.

a) Wie viele Mitglieder sind weiblich?

b) Wie viele Mitglieder sind männlich?

c) Wie groß ist der Anteil der männlichen Mitglieder?

1.4.2 Grundrechenarten

Begriff	Erklärung
Brüche addieren	Zwei Brüche werden addiert, indem die Nenner gleichnamig gemacht werden (also so erweitert oder gekürzt werden, dass der gleiche Nenner entsteht). Anschließend werden die Zähler addiert und der Nenner wird beibehalten. Bsp.: $\dfrac{2}{3} + \dfrac{4}{7} = \dfrac{14}{21} + \dfrac{12}{21} = \dfrac{26}{21} = 1\dfrac{5}{21}$
Brüche subtrahieren	Zwei Brüche werden subtrahiert, indem die Nenner gleichnamig gemacht werden (also so erweitert oder gekürzt werden, dass der gleiche Nenner entsteht). Anschließend werden die Zähler subtrahiert und der Nenner wird beibehalten. Bsp.: $\dfrac{2}{3} - \dfrac{4}{7} = \dfrac{14}{21} - \dfrac{12}{21} = \dfrac{2}{21}$
Brüche multiplizieren	Zwei Brüche werden multipliziert, indem die Zähler miteinander multipliziert werden und die Nenner miteinander multipliziert werden. Am Ende das Kürzen nicht vergessen (geht auch schon während der Rechnung, aber ACHTUNG: Dies geht **<u>nur</u>** bei der Multiplikation!!!!!). Bsp.: $\dfrac{2}{3} \cdot \dfrac{3}{8} = \dfrac{2\cdot3}{3\cdot8} = \dfrac{6}{24} = \dfrac{1}{4}$ oder $\dfrac{2}{3} \cdot \dfrac{3}{8} = \dfrac{2\cdot3}{3\cdot8} = \dfrac{1\cdot3}{3\cdot4} = \dfrac{1\cdot1}{1\cdot4} = \dfrac{1}{4}$
Brüche dividieren	Zwei Brüche werden dividiert, indem der erste Bruch mit dem Kehrwert des zweiten Bruchs multipliziert wird. Bsp.: $\dfrac{2}{3} : \dfrac{3}{8} = \dfrac{2}{3} \cdot \dfrac{8}{3} = \dfrac{2\cdot8}{3\cdot3} = \dfrac{16}{9} = 1\dfrac{7}{9}$

<u>Übungsaufgaben: Rechnen mit Brüchen (Lösung S. 109)</u>

<u>Aufgabe 1:</u>

Kürze jeweils so weit wie möglich!

a) $\quad \dfrac{3}{6} \; ; \; \dfrac{8}{24} \; ; \; \dfrac{14}{42} \; ; \; \dfrac{21}{81} \; ; \; \dfrac{12}{66}$

b) $\quad \dfrac{100}{500.000} \; ; \; \dfrac{64}{512} \; ; \; \dfrac{81}{243} \; ; \; \dfrac{49}{343} \; ; \; \dfrac{110}{1.210}$

<u>Aufgabe 2:</u>

Erweitere mit der in Klammern angegebenen Zahl!

a) $\dfrac{2}{3}$ (mit 12); $\dfrac{5}{7}$ (mit 13)

b) $\dfrac{21}{81}$ (mit 4); $\dfrac{4}{16}$ (mit 25)

<u>Aufgabe 3:</u>

Finde jeweils einen Wert für das „?", indem du erweiterst bzw. kürzt! Gib jeweils an, mit welcher Zahl du erweitert bzw. gekürzt hast.

a) $\dfrac{2}{3} = \dfrac{?}{9} \; ; \quad \dfrac{25}{100} = \dfrac{?}{4}$

b) $\dfrac{3}{7} = \dfrac{42}{?} \; ; \quad \dfrac{81}{96} = \dfrac{27}{?}$

<u>Aufgabe 4:</u>

Berechne!

a) $\dfrac{3}{7} + \dfrac{5}{7} \; ; \quad \dfrac{17}{20} + \dfrac{15}{20} - \dfrac{12}{20} \; ; \quad \dfrac{2}{5} + \dfrac{4}{10} \; ; \quad 2\dfrac{1}{3} + 5\dfrac{2}{7} - 2\dfrac{1}{14}$

b) $\dfrac{3}{7} \cdot \dfrac{5}{7} \; ; \quad \dfrac{17}{20} : \dfrac{15}{20} \; ; \quad \dfrac{2}{5} \cdot \dfrac{25}{36} : \dfrac{5}{18} \; ; \quad \dfrac{2}{3} \cdot \dfrac{18}{24} - \dfrac{15}{45} : \dfrac{36}{54}$

1.5 Zuordnungen / Dreisatz

Der **Dreisatz** ist ein sehr gutes Mittel, welches man in sehr vielen Situationen anwenden kann, um Aufgaben zu lösen. Wenn man den Dreisatz beherrscht, benötigt man keine Formeln bei der Prozent- und Zinsrechnung.

Beispiel:

In einer Bäckerei werden 5 Brötchen für 1,25 € angeboten. Wie teuer sind dann 7 Brötchen?

Dazu berechnet man erst einmal wie teuer 1 Brötchen ist. Dies ist ein Grundprinzip beim Dreisatz. Man bestimmt eine Art Grundwert. Da 5 Brötchen 1,25 € kosten, muss man 1,25 € : 5 rechnen. Dies ergibt einen Preis von 0,25 € für ein Brötchen. Wenn man dies nun mit 7 multipliziert, erhält man einen Preis von 1,75 € für 7 Brötchen. Dies kann man in einer Tabelle vereinfacht aufschreiben:

Anzahl Brötchen	€
5	1,25
1	0,25
7	1,75

$: 5$ (von 5 auf 1) $\cdot 7$ (von 1 auf 7)

Diesen Dreisatz wendet man bei **proportionalen Zuordnungen** an, also **je mehr** Brötchen ich kaufe, **desto mehr** muss ich bezahlen. (Immer unter der Voraussetzung, dass es keinen Mengenrabatt gibt und jedes Brötchen gleich viel kostet).

Hier ist immer zu beachten, dass eine proportionale Zuordnung wirklich immer nur dann vorliegt, wenn wie hier die doppelte Anzahl an Brötchen auch wirklich das Doppelte kostet und ich auch wirklich nichts bezahlen muss, sollte kein Brötchen gekauft werden. Hier darf also keine Grundgebühr oder ähnliches verlangt werden. In diesem Fall würde es sich um eine lineare Zuordnung (siehe auch Kapitel 2.3.2 Proportionale und lineare Funktionen ab Seite 42) handeln.

Daneben gibt es natürlich noch die **antiproportionalen Zuordnungen: je mehr** Arbeiter an einem Haus bauen, **desto weniger** Zeit benötigt man insgesamt, um das Haus zu bauen.

Dazu ebenfalls ein **Beispiel**:

4 Bagger benötigen 14 Stunden, um ein Loch zu graben. Wie lange benötigen 7 Bagger?

Auch hier rechnet man zuerst aus, wie lange ein Bagger benötigt. Da er dann die vierfache Arbeit machen müsste, muss man die 14 Stunden mit 4 multiplizieren. Ein Bagger benötigt also 56 Stunden. Wenn man diese Arbeit nun auf 7 Bagger aufteilt, muss man 56 Stunden durch 7 dividieren. Damit erhält man das Ergebnis, dass 7 Bagger 8 Stunden benötigen. Wieder als Tabelle:

	Anzahl Bagger	Stunden	
:4	4	14	·4
	1	56	
·7	7	8	:7

Auch hier gelten die gleichen Einschränkungen, wie bei proportionalen Zuordnungen, nur eben „andersherum".

Wenn ich hier die doppelte Anzahl an Baggern nehme, darf natürlich nicht die doppelte Zeit herauskommen, sondern nur die halbe Zeit und andersherum. Im Gegensatz zur proportionalen Zuordnung kann ich mir hier allerdings die Möglichkeit der 0 Bagger nicht anschauen, denn dann würde der Bau nie fertig. Der Ausgangswert darf also nie 0 betragen.

In allen Fällen gilt natürlich, dass dies in der Realität immer an „ideale" Bedingungen geknüpft sein muss. In diesem Beispiel müssen natürlich beide Bagger getrennt voneinander arbeiten können und sich nicht gegenseitig behindern. Zudem müssen sie genauso leistungsfähig sein und die Baggerführer müssen exakt gleich arbeiten und so weiter. Es sind in solchen Fällen also immer Anhaltspunkte, die man dann berechnet.

<u>**Übungsaufgaben: Zuordnungen (Lösung S. 23)**</u>

<u>Aufgabe 1:</u>

3 Kilogramm Kartoffeln kosten 6 €. Wie teuer sind 2 Kilogramm?

<u>Aufgabe 2:</u>

Frank benötigt für 2 Pizzen 300 g Thunfisch. Wie viel benötigt er für 5 Pizzen?

<u>Aufgabe 3:</u>

Der Futtervorrat für 10 Pferde reicht noch 18 Tage. Leider verstirbt ein Tier. Wie lange reicht der Vorrat jetzt?

<u>Aufgabe 4:</u>

In einem Fußballspiel steht es zur Halbzeit 2:1. Wie endet das Spiel?

<u>Aufgabe 5:</u>

Klaus möchte mit seinem Freunden ins Kino gehen und dort mit ihnen seinen Geburtstag feiern. Insgesamt hat er 14 Freunde eingeladen. Er hat im Vorverkauf bereits die Karten und Gutscheine für Popcorn und Cola besorgt und insgesamt 165 € bezahlt (für jeden eine Eintrittskarte, einmal Popcorn und eine Cola).
Nun sagen leider zwei Freunde kurzfristig ab. Klaus versucht an der Kinokasse die Karten und Gutschein für diese beiden Freunde umzutauschen. Dabei hat er Glück und bekommt das Geld für die Beiden zurück.
Wie viel Geld bekommt er ausgezahlt?

<u>Aufgabe 6:</u>

Claudia trifft sich mit ihren 4 Freundinnen, um eine kleine Sammlung von Gedichten zu schreiben. Insgesamt sollen es 50 Gedichte werden. Nachdem jede von ihnen bereits 2 Gedichte geschrieben hat, kommen 3 Freundinnen dazu und wollen ebenfalls mitschreiben.
Wie viele Gedichte muss jedes der Mädchen jetzt noch schreiben, wenn die fehlende Anzahl an Gedichten gleichmäßig aufgeteilt wird?

1.6 Prozent- und Zinsrechnung

Normalerweise bin ich immer dafür, die Prozent- und Zinsrechnung ohne die Formeln anzugehen. Da in der Prüfung aber eine Formelsammlung vorhanden ist, werde ich hier die Formeln und den Dreisatz benutzen. Aber Achtung: In der offiziellen Formelsammlung für die Prüfung ist die Formel nur als $W = \frac{G \cdot p}{100}$ gegeben. Wenn man G oder p sucht, muss man diese Formel selbstständig umstellen können. **G** steht dabei für den **Grundwert** und entspricht immer **100%**. **W** ist der **Prozentwert** und **p** der zugehörige **Prozentsatz**.

Beispiel:

Karl bekommt 10,- € Taschengeld in der Woche. Nun möchte er 15% auf seinem Sparbuch sparen. Wie viel ist das?

<table>
<tr><td>

Formel:

</td><td></td><td>

Dreisatz:

</td></tr>
</table>

Formel:		Dreisatz:

Wir haben gegeben

$$G = 10 \text{ €}$$
$$p = 15 \text{ \%}$$

Gesucht ist also W

$$W = \frac{G \cdot p}{100}$$
$$W = \frac{10 \cdot 15}{100}$$
$$W = \frac{150}{100}$$
$$\underline{W = 1{,}5}$$

oder

%	€
100	10
1	0,1
15	1,5

In beiden Fällen kommt man auf eine Lösung von 1,50 €, die Karl jede Woche sparen möchte.

Bei der Zinsrechnung verändern sich nur die Begriffe und Abkürzungen. Das **Kapital K** entspricht dem Grundwert G, die **Zinsen Z** entsprechen dem Prozentwert W und der **Zinssatz p** entspricht dem Prozentsatz p. Hinzu kommt ein Faktor **n**, der für die **Zeit** stehen kann. Damit lautet die Formel:

$$Z = \frac{K \cdot p}{100} \quad \text{anstatt} \quad W = \frac{G \cdot p}{100} \quad \text{bzw.} \quad Z = \frac{K \cdot p}{100} \cdot \frac{n}{360}$$

mit **Zeitfaktor n** in Tagen. In der Zinsrechnung entsprechen immer 30 Tage einem Monat und 360 Tage einem Jahr.

Beispiel:

Jan hat 250 € bei einem Zinssatz von 2,5 % für 7 Monate angelegt. Wie viele Zinsen bekommt er?

$$Z = \frac{K \cdot p}{100} \cdot \frac{n}{360}$$

$$Z = \frac{250 \cdot 2{,}5}{100} \cdot \frac{210}{360}$$

$$Z = \frac{625}{100} \cdot \frac{7}{12}$$

$$\underline{Z = 3{,}65}$$

Hier wurde für n 210 eingesetzt, da 7 Monate 210 Tagen entsprechen. Am Ende muss auf das Runden geachtet werden. Da es um Euro (€) geht, wird immer auf 2 Stellen nach dem Komma gerundet.

Ansonsten ist noch wichtig zu wissen, dass bei der Berechnung der Mehrwertsteuer der Preis im Geschäft immer 119 % (19 % Mehrwertsteuer) entspricht. Wenn also der Preis 59 € beträgt, ist dies W. Der Grundwert ist dann gesucht, wobei p=119 % ist.

$$W = \frac{G \cdot p}{100}$$

$$G = \frac{W \cdot 100}{p}$$

$$G = \frac{59 \cdot 100}{119}$$

$$\underline{G = 49{,}58}$$

Das bedeutet also, dass der Preis ohne Mehrwertsteuer 49,58 € beträgt. Damit ist die Mehrwertsteuer 9,42 €.

Übungsaufgaben: Prozent- und Zinsrechnung (Lösung S. 110)

Aufgabe 1:

Bei der Weinlese eines kleinen Weingutes werden 500 kg Trauben geerntet. 20 % davon können für den besten Wein verwendet werden. Wie viel ist das?

Aufgabe 2:

75 % der Kinder in der Klasse 10 treiben Sport in einem Verein. Das sind 24 Kinder. Wie viele Kinder sind in der Klasse?

Aufgabe 3:

Bei der Klassensprecherwahl haben 60 % für Kai gestimmt. 10 % oder 3 SchülerInnen waren für Christian. Wie viele haben Kai gewählt?

Aufgabe 4:

Klaus hat 500 € für ein Jahr angelegt. Der Zinssatz betrug 4 %. Wie viel Geld bekommt er nach dem Jahr ausgezahlt?

Aufgabe 5:

Klara möchte sich 2.000 € für ein Jahr leihen. Bank A bietet ihr einen Zinssatz von 5 %. Bank B sagt, sie wird 2.095 € zurückbekommen. Zu welcher Bank sollte Klara gehen?

Aufgabe 6:

Katharina leiht sich 250 € bei einer Bank. Die Bank verlangt 13,5 % Zinsen. Nach 65 Tagen kann Katharina das Geld zurückzahlen. Wie viel muss sie zurückzahlen?

Aufgabe 7:

Was hat Ulf angelegt, wenn er nach 1 Jahr 2.500 € ausgezahlt bekommt? Der Zinssatz beträgt 5 %.

1.6.1 Zinseszins

Die Zinseszinsrechnung kann entweder über die „normale" Zinsrechnung bearbeitet werden (dann muss man diese eben öfters nacheinander ausführen) oder über die Formel:

$$K_n = K_0 \cdot (1 + \frac{p}{100})^n$$

n steht für die Anzahl der **Jahre**, K_0 für das **Kapital am Anfang** (Kapital im Jahr 0) und K_n für das **Kapital** nach **n Jahren**. Die **Zinsen** sind dann $K_n - K_0$. Dabei ist wichtig, dass p immer gleich sein muss. Beim sogenannten Wachstumssparen ist diese Methode nicht anwendbar. Hier wird das Geld für einen festen Zeitraum angelegt, der Zinssatz aber von Jahr zu Jahr erhöht. Dadurch wird das „Durchhalten" belohnt.

Beispiel:

Klaus legt 5.000 € für 6 Jahre zu einem Zinssatz von 4,5 % an. Was bekommt er ausgezahlt?

$$K_n = K_0 \cdot (1 + \frac{p}{100})^n$$

$$K_n = 5.000 \cdot (1 + \frac{4,5}{100})^6$$

$$\underline{K_6 = 6.511,30}$$

Er bekommt also 6.511,30 € ausgezahlt. Die Zinsen sind allerdings nur so hoch wie die Differenz zum Startkapital, also 1.511,30 €.

Übungsaufgaben: Zinseszins (Lösung S. 111)

Aufgabe 1:

Frank legt 3.000 € zu einem Zinssatz von 6 % für 4 Jahre an. Was erhält er?

Aufgabe 2:

Franka hat ebenfalls 3.000 € und bekommt als Angebot im ersten Jahr 3 %, im zweiten und dritten Jahr 6 % und im vierten Jahr 9 %. Wer bekommt mehr? Frank oder Franka?

1.7 Terme

Terme bestehen aus Zahlen, Rechenzeichen und Variablen. **Variablen** sind Platzhalter und können genauso behandelt werden, als wären es Zahlen. Wichtig dabei ist, dass nur gleiche Variablen addiert oder subtrahiert werden können (man kann ja auch nicht sagen, dass 1 Apfel und 2 Birnen dann 3 Apfelbirnen sind). Eine ganz wichtige Regel ist, dass man nicht durch Variablen teilen darf. Da sie auch 0 sein könnten, würde man evtl. durch 0 teilen, was nicht definiert ist.

Hier ein paar Beispiele, wie man mit Variablen rechnen kann:

$$5a + 3a - 2a + 7a = (5 + 3 - 2 + 7)a = 13a$$

$$10x + 3y - 2x + 8y = 10x - 2x + 3y + 8y = 8x + 11y$$

$$2x \cdot 3y + 5x - 3xy = 6xy + 5x - 3xy = 3xy + 5x$$

Wenn man nun die Rechenarten verbindet und Klammern mit ins Spiel bringt, ergeben sich ein paar Regeln, die beachtet werden müssen:

- steht ein „+" vor der Klammer kann man sie einfach weglassen

$$3x + (5x - 7) = 3x + 5x - 7 = 8x - 7$$

- steht ein „-" vor der Klammer, drehen sich alle Vorzeichen in der Klammer um

$$3x - (5x - 7) = 3x - 5x + 7 = -2x + 7$$

$$3x - (-5x + 7) = 3x + 5x - 7 = 8x - 7$$

- wird eine Zahl mit einer Summe multipliziert, kann man die Klammer auflösen, indem man die Zahl vor der Klammer (also den Faktor) mit jedem Summanden (also jedem Teil in der Klammer) multipliziert und die Ergebnisse addiert

$$3 \cdot (5x + 7y - 10) = 3 \cdot 5x + 3 \cdot 7y - 3 \cdot 10 = 15x + 21y - 30$$

$$3x \cdot (5x + 7y - 10) = 3x \cdot 5x + 3x \cdot 7y - 3x \cdot 10$$
$$= 15x^2 + 21xy - 30x$$

- werden zwei Summen multipliziert (also Klammer mal Klammer), so muss jeder Summand aus der ersten Klammer mit jedem Summanden aus der zweiten Klammer multipliziert werden. Die Ergebnisse werden dann addiert.

$$(2x + 3y) \cdot (5x - 5) = 2x \cdot 5x - 2x \cdot 5 + 3y \cdot 5x - 3y \cdot 5$$
$$= 10x^2 - 10x + 15xy - 15y$$

- dies führt zu den **3 Binomischen Formeln**

  - $(a + b)^2 = a^2 + 2ab + b^2$

  - $(a - b)^2 = a^2 - 2ab + b^2$

  - $(a + b) \cdot (a - b) = a^2 - b^2$

Hierzu ein paar **Beispiele**:

$$(3x + 5)^2 = (3x)^2 + 2 \cdot 3x \cdot 5 + 5^2 = 9x^2 + 30x + 25$$
$$(3x - 5y)^2 = (3x)^2 - 2 \cdot 3x \cdot 5y + (5y)^2 = 9x^2 - 30xy + 25y^2$$
$$(10x + 4y) \cdot (10x - 4y) = (10x)^2 - (4y)^2 = 100x^2 - 16y^2$$

<u>Übungsaufgaben: Terme (Lösung S. 111)</u>

<u>Aufgabe 1</u>: Vereinfache!

    a) $10x + 13x - 12x + 25x$

    b) $15a - 16a + 2a - 19a + 13a$

    c) $20x - 13y + 22xy + 13x + 29y$

    d) $39x^2 + 19x - 129 - 126x - 127x^2$

<u>Aufgabe 2</u>: Vereinfache mithilfe der oben genannten Regeln!

    a) $17x - (25x + 3) \ ; \ 12x + (3x + 5)$

    b) $-(12x - 13y) + (-12x + 13y)$

    c) $12 \cdot (13a - 12b)$

    d) $12x \cdot (13a + 12b)$

    e) $(39a + 26b) : (-13)$

    f) $(12x + 13y) \cdot (3x - 2y)$

    g) $(-12x - 13y) \cdot (-3x - 2y)$

    h) $(12x + 13y) \cdot (3x - 2y) - (-12x - 13y) \cdot (-3x + 2y)$

<u>Aufgabe 3</u>: Verwende die Binomischen Formeln!

    a) $(3x + 2y)^2$

    b) $(3x - 2y)^2$

    c) $(3x + 2y) \cdot (3x - 2y)$

    d) $(12x + 13y)^2$

    e) $(12x + 13y)^2 + (3x - 2y)^2$

    f) $(12x + 13y)^2 - (3x - 2y)^2$

1.8 Lineare Gleichungen

Lineare Gleichungen lassen sich alle nach einem immer gleichen Schema lösen (quadratische Gleichungen siehe 2.5 Quadratische Gleichungen ab Seite 60). Dieses lässt sich übersichtlich wie folgt zusammenfassen:

„Kochrezept zum Lösen von Gleichungen"

1. Beide Seiten der Gleichung jeweils für sich so weit wie möglich **vereinfachen**.

2. Alle **Variablen** (z.B. x) auf **eine Seite** bringen.

3. Alle **Zahlen** auf die **andere Seite** bringen.

4. Durch den **Vorfaktor** von x (die Zahl, die vor dem x steht) **dividieren**.

5. **Lösung** ablesen und doppelt unterstreichen.

6. Evtl. die **Probe** machen.

7. Evtl. die **Lösungsmenge (Abkürzung $\mathbb{L}$)** aufschreiben oder/und einen **Antwortsatz** schreiben!

Beispiel:

$$2x - 12 - 3x + 25 = 10x - 100 + 4x + 38$$

$$-1x + 13 = 14x - 62 \mid -14x$$

$$-15x + 13 = -62 \mid -13$$

$$-15x = -75 \mid : (-15)$$

$$\underline{x = 5}$$

Probe:

$$2 \cdot 5 - 12 - 3 \cdot 5 + 25 = 10 \cdot 5 - 100 + 4 \cdot 5 + 38$$

$$10 - 12 - 15 + 25 = 50 - 100 + 20 + 38$$

$$\underline{8 = 8}$$

Damit haben wir die Gleichung richtig gelöst und es gilt $\mathbb{L} = \{5\}$

<u>Übungsaufgaben: Lineare Gleichungen (Lösung S. 111)</u>

<u>Aufgabe 1:</u>

    a) $2x - 9 = 15$

    b) $17x + 35 = -12x + 25$

    c) $2 + (3x - 10) = 2x - (4x - 7)$

    d) $6x - (-8x - 3) = 22x - 1$

    e) $3 \cdot (3y - 3) = 10 \cdot (-2y + 2)$

    f) $(3z - 4) \cdot (4z + 3) = (2z + 12) \cdot (6z - 1)$

<u>Aufgabe 2:</u> Löse mithilfe einer Gleichung.

Frau Meier schickt ihre Tochter Gerda los, um Brötchen zu holen. Sie soll insgesamt 10 Brötchen kaufen. Kurze Zeit später erfährt sie, dass Besuch kommt. Daher schickt sie ihren Sohn Mark hinterher, nochmals 15 Brötchen mitzubringen. Nachdem beide wieder da sind, rechnet sie zusammen, dass sie 5,75 € ausgegeben haben. Wie teuer war ein Brötchen?

<u>Aufgabe 3:</u>

Herr Schulz bezahlt in einem Restaurant für 3 Pizzen Tonno insgesamt 18 €. Dabei hat er 1,50 € Trinkgeld gegeben. Wie teuer war eine Pizza?

<u>Aufgabe 4:</u>

In einem Café besteht ein Gedeck aus einem Stück Torte und einem Kännchen Kaffee. Familie Becker bezahlt insgesamt 21,00 € für 4 Gedecke, wobei 1,20 € Trinkgeld gegeben wurde.

a) Was kostet ein Gedeck?

b) Wäre es billiger gewesen, 4 einzelne Stücke Kuchen und 4 Kännchen Kaffee zu bestellen, wenn ein Stück Torte 2,10 € und ein Kännchen Kaffee 2,85 € gekostet hätten?

c) Wie viel Prozent Trinkgeld hat die Familie gegeben? *(Tipp: Der Grundwert ist immer ohne Trinkgeld!)*

1.9 Maßeinheiten

Das Rechnen mit Maßeinheiten ist für die Prüfung sehr wichtig. Es werden extra Punkte für den Umgang mit Maßeinheiten vergeben. Daher werden in den Aufgaben der folgenden Kapitel auch immer wieder Einheiten umzurechnen sein. Als Überblick hier nun ein paar Tabellen zum Umrechnen:

Längen:

km	m	dm	cm	mm
1	1.000	10.000	100.000	1.000.000
0,001	**1**	10	100	1.000
0,0001	0,1	**1**	10	100
0,00001	0,01	0,1	**1**	10
0,000001	0,001	0,01	0,1	**1**

$\longrightarrow\ \cdot\,1.000$
$\longleftarrow\ :\,1.000$

$\longrightarrow\ \cdot\,10 \qquad \longleftarrow\ :\,10$

Flächen:

km²	ha	a	m²	dm²	cm²	mm²
1	100	10.000	1.000.000	...	...	...
0,01	**1**	100	10.000	1.000.000	...	...
0,0001	0,01	**1**	100	10.000	1.000.000	...
0,000001	0,0001	0,01	**1**	100	10.000	1.000.000
...	0,000001	0,0001	0,01	**1**	100	10.000
...	...	0,000001	0,0001	0,01	**1**	100
...	...	...	0,000001	0,0001	0,01	**1**

$\longrightarrow\ \cdot\,100 \qquad \longleftarrow\ :\,100$

<u>Volumen:</u>

km³	...	m³	dm³ = l	cm³ = ml	mm³
1	...	1.000.000.000			
0,000000001	...	**1**	1.000	1.000.000	
	...	0,001	**1**	1.000	1.000.000
	...	0,000001	0,001	**1**	1.000
	...		0,000001	0,001	**1**

$\longrightarrow \cdot 1.000 \quad \longleftarrow : 1.000$

Es gilt also 1 dm³ = 1 l. Da 1 l genau 1.000 ml hat, gilt ebenfalls
1 dm³ = 1.000 ml.

<u>Gewicht:</u>

t	kg	g	mg
1	1.000	1.000.000	1.000.000.000
0,001	**1**	1.000	1.000.000
0,000001	0,001	**1**	1.000
0,000000001	0,000001	0,001	**1**

$\longrightarrow \cdot 1.000 \qquad \longleftarrow : 1.000$

<u>Zeit</u>

d	h	min	s
1	24	1440	86400
$\frac{1}{24}$	**1**	60	3600
$\frac{1}{1440}$	$\frac{1}{60}$	**1**	60
$\frac{1}{86400}$	$\frac{1}{3600}$	$\frac{1}{60}$	**1**

1.10 Vermischte Übungsaufgaben

Aufgabe 1: Berechne! (Lösung S. 112)

a) $\dfrac{1}{3} + \dfrac{5}{7} - \dfrac{12}{21}$

b) $1\dfrac{1}{2} - \dfrac{13}{14} - 2$

c) $\dfrac{10}{12} + \dfrac{10}{14} - \dfrac{10}{20}$

d) $\dfrac{1}{3} \cdot \dfrac{5}{7} \cdot \dfrac{12}{21}$

e) $\dfrac{1}{3} \cdot \dfrac{5}{7} : \dfrac{12}{21}$

f) $\dfrac{1}{3} \cdot \dfrac{5}{7} + \dfrac{12}{21}$

g) $\dfrac{1}{3} \cdot \dfrac{5}{7} - \dfrac{12}{21}$

h) $1 - \dfrac{1}{2} + \dfrac{1}{3} - \dfrac{1}{4} + \dfrac{1}{5} - \dfrac{1}{6} + \dfrac{1}{7} - \dfrac{1}{8}$

i) $1 + \dfrac{1}{2} + \dfrac{1}{3} + \dfrac{1}{4} + \dfrac{1}{5} + \dfrac{1}{6} + \dfrac{1}{7} + \dfrac{1}{8}$

Aufgabe 2:

Addiere die Hälfte von 3 zu einem Drittel von 5!

Aufgabe 3:

Frank hat montags 8 Stunden Unterricht. Nach der 6. Stunde hat er 60 Minuten Pause. Wie viel Prozent seiner Schulstunden hat er nach der 6. Stunde an diesem Tag hinter sich?

Aufgabe 4:

Karl möchte 4.000 € für 6 Jahre anlegen und erhält folgende Angebote:

Bank A bietet ihm 5 % pro Jahr.
Bank B bietet 2 % im ersten Jahr, 3 % im zweiten Jahr, 4 % im dritten Jahr, 5 % im vierten Jahr, 6 % im fünften Jahr und 10 % im sechsten Jahr.
Bank C bietet ihm 1.500 € Zinsen am Ende des sechsten Jahres.

Für welches Angebot sollte er sich entscheiden?

Aufgabe 5:

Die Firma von Franks Vater hat insgesamt 10 Maler beschäftigt, die alle nach Tarif bezahlt werden und somit das Gleiche verdienen.

a) Alle zusammen kosten die Firma 35.000 € Lohn pro Monat. Franks Vater kann 40.000 € ausgeben. Kann er 2 zusätzliche Maler anstellen?

b) 5 seiner Maler arbeiten an einem großen Auftrag und benötigen dafür 20 Tage. Nach 5 Tagen können die anderen 5 dazu stoßen. Schaffen sie die komplette Arbeit nun in insgesamt 15 Tagen?

c) Für den nächsten Auftrag hat er 8 Maler eingeplant, die insgesamt 8 Tage benötigen. Wie lange brauchen sie, wenn sich ein Maler ab dem zweiten Tag krank meldet?

Aufgabe 6: Löse die Gleichungen!

    a) $10x - 78 = 15x - 118$

    b) $7x + 51 = 20x - 40$

    c) $4 \cdot (7x - 4) = 10 \cdot (-2x + 8)$

    d) $7 \cdot (2x + 13) = (-33x + 1) : 2$

    e) $(5x + 5) \cdot (-2x + 8) = (-2{,}5x + 5{,}5) \cdot (16 + 4x)$

Aufgabe 7:

Herr Küster bezahlt für 5 Stücke Kuchen 15 € inkl. 3 € Trinkgeld für die freundliche Bedienung. Was kostet 1 Stück?

Aufgabe 8:

Frank kauft sich 4 Kugeln Eis, Erika 5 Kugeln und Klaus begnügt sich mit 3 Kugeln. Sie zahlen insgesamt 8,40 €. Ab 10 € bekämen sie 10 % Rabatt.

Wie viele Kugeln müssten sie noch kaufen, um den Rabatt zu erhalten und was müssten sie dann bezahlen?

2   Funktionen und Algebra

2.1   Potenzen

Das Rechnen mit **Potenzen** ist eigentlich gar nicht so schwer wie man oft denkt, wenn man die 7 Rechenregeln für Potenzen befolgt. Sehr wichtig ist nämlich zu beachten, dass Potenzen nicht einfach addiert werden können! $2^3 + 2^4 \neq 2^7$, denn $2^3 = 8$, $2^4 = 16$ *und* $2^7 = 128$.

Bezeichnungen:

$a^b = c$:   a ist die **Basis**, b der **Exponent** und c der **Potenzwert**.

Rechenregeln:

Rechenregel	Beispiel	Regel in Worten
$a^b \cdot a^c = a^{b+c}$	$2^3 \cdot 2^4 = 2^{3+4} = 2^7$	Zwei Potenzen mit gleicher Basis werden multipliziert / dividiert, indem die Basis beibehalten und die Exponenten addiert / subtrahiert werden.
$a^b : a^c = a^{b-c}$	$2^4 : 2^3 = 2^{4-3} = 2^1$	
$a^b \cdot c^b = (a \cdot c)^b$	$4^3 \cdot 2^3 = (4 \cdot 2)^3 = 8^3$	Zwei Potenzen mit gleichem Exponenten werden multipliziert / dividiert, indem die Basen multipliziert / dividiert werden und der Exponent beibehalten wird.
$a^b : c^b = (a : c)^b$	$4^3 : 2^3 = (4 : 2)^3 = 2^3$	
$(a^b)^c = a^{b \cdot c}$	$(2^3)^4 = 2^{3 \cdot 4} = 2^{12}$	Potenzen werden potenziert, indem die Exponenten multipliziert werden.
$a^{-b} = \dfrac{1}{a^b}$	$2^{-3} = \dfrac{1}{2^3} = \dfrac{1}{8}$	Das Vorzeichen im Exponenten kann gedreht werden, indem der Kehrwert der Basis gebildet wird.
$a^0 = 1$	$7^0 = 1$	Jede Zahl hoch 0 ist 1! Nur 0^0 ist nicht definiert!

2.2 Wurzeln

Wer verstanden hat, wie man mit Potenzen rechnet, sollte auch mit Wurzeln keine Probleme haben. Die Rechenregeln für Wurzeln sind prinzipiell dieselben wie die für Potenzen, denn Wurzeln kann man alle als Potenzen auffassen.

Bezeichnungen:

$\sqrt[a]{b} = c$: a ist der **Wurzelexponent**, b der **Radikant** (wenn a gerade ist z.B. bei Quadratwurzeln, darf b nie kleiner als 0 sein!) und c der **Wurzelwert**. Wenn a = 2 ist, lässt man die 2 einfach weg und meint damit automatisch die **Quadratwurzel**.

Rechenregeln: (Hier für Quadratwurzeln! Für alle anderen analog.)

Rechenregel	Beispiel	Regel in Worten
$\sqrt{a} \cdot \sqrt{b} = \sqrt{a \cdot b}$	$\sqrt{2} \cdot \sqrt{3} = \sqrt{2 \cdot 3} = \sqrt{6}$	Zwei Wurzeln werden multipliziert / dividiert, indem die Radikanten multipliziert / dividiert werden.
$\sqrt{a} : \sqrt{b} = \sqrt{a : b}$	$\sqrt{6} : \sqrt{3} = \sqrt{6 : 3} = \sqrt{2}$	
$\sqrt[a]{b^c} = b^{\frac{c}{a}}$	$\sqrt[3]{2^5} = 2^{\frac{5}{3}}$	

Übungsaufgaben: Potenzen und Wurzeln (Lösung S. 112)

Aufgabe 1: Berechne!

a) $\sqrt{25} \cdot \sqrt{36}$; $\sqrt{12} \cdot \sqrt{3}$; $\sqrt{72} : \sqrt{3}$; $\sqrt{49} : \sqrt{16}$; $\sqrt[3]{125}$

b) 2^3 ; 2^{-3} ; 24^2 ; $5^3 : 5^2$; $3^4 \cdot 4^3$; 2^{3^4} ; $15^3 : 5^3$

Aufgabe 2: Vereinfache mithilfe der Rechenregeln!

a) $a^3 \cdot a^2$; $z^3 : z^2$; $5^b \cdot 15^b$; $25^a : 5^a$; $a^{3^4} : a^{12}$

b) $\sqrt{a} \cdot \sqrt{b}$; $\sqrt{a^5} : \sqrt{a^3}$; $\sqrt{a \cdot b \cdot c \cdot d} : \sqrt{a \cdot b \cdot d}$; $\sqrt[4]{a^2}$; $\sqrt[12]{(a \cdot b)^{\frac{24}{5}}}$

2.3 Funktionen

2.3.1 Funktionsbegriff

Um sich mit dem großen Thema der Funktionen beschäftigen zu können, muss man sich als erstes einmal klar machen, was der Begriff Funktion in der Mathematik eigentlich bedeutet. Dazu folgende formale Definition:

Eine **Funktion** ist eine Zuordnung, die <u>jedem</u> Wert aus dem Definitionsbereich (x-Wert) <u>genau einen</u> Wert aus dem Wertebereich (y-Wert) zuordnet.

Es ist sehr wichtig, genau einen Wert zuzuordnen. Ansonsten handelt es sich um keine Funktion. Beispiele dazu folgen etwas weiter unten.

Der **Definitionsbereich** ist der Bereich (bzw. die Menge) in dem alle Zahlen liegen, die eingesetzt werden dürfen. Wenn eine Funktion z.B. zu der Anzahl der Brötchen den Preis zuordnet, ist der Definitionsbereich z.B. alle natürlichen Zahlen inkl. der 0. Der **Wertebereich** sind die Zahlen, die als Ergebnis auftreten können, also hier alle Geldbeträge in Euro. Kostet ein Brötchen 0,25 € lautet die Zuordnungsvorschrift z.B. $y = 0{,}25x$. Da ich zu jeder beliebigen Anzahl an Brötchen den Preis nennen kann, handelt es sich bei der Zuordnung:

Anzahl Brötchen $\rightarrow$ Preis in Euro

(der „$\rightarrow$" wird gelesen als „wird zugeordnet") um eine Funktion.

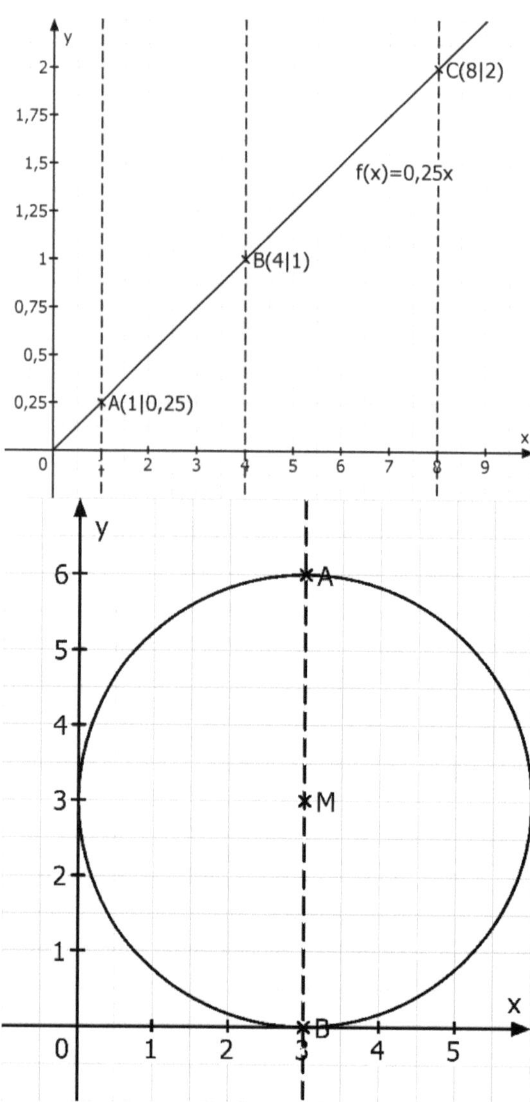

In Abbildung 1 ist die oben genannte Funktion als Graph gezeichnet. Anhand der drei gestrichelten Geraden (Parallelen zur y-Achse) sieht man, dass diese die Funktionsgerade nur einmal schneiden (und zwar in den Punkten A, B und C). Damit ist jedem x-Wert genau ein y-Wert zugeordnet. Gäbe es eine parallele Gerade zur y-Achse, die den Funktionsgraphen mehr als einmal schneidet, wäre es kein Graph einer Funktion.

Ein Beispiel hierfür ist ein Kreis, der in der zweiten Abbildung zu sehen ist.

Dort ist eine gestrichelte Gerade (wieder parallel zur y-Achse) zu sehen, die den Kreis zweimal schneidet (in den Punkten A und B). Damit gibt es einen x-Wert, dem zwei y-Werte zugeordnet sind. Aus diesem Grund kann es sich bei dem Kreis nicht um einen Graphen einer Funktion handeln.

Beispiele:

Einwohner Deutschlands → Geburtsstadt ist eine Funktion, denn jeder Einwohner hat eine Geburtsstadt.

Geburtsstadt → Einwohner Deutschlands ist keine Funktion, denn z.B. in Köln sind mehr als ein Einwohner Deutschlands geboren.

Muttersprache → Heimatland ist keine Funktion, denn Englisch wird z.B. in Australien und Großbritannien gesprochen.

40

<u>**Übungsaufgaben: Funktionen (Lösung S. 113)**</u>

<u>Aufgabe 1:</u> Sind die folgenden Zuordnungen Funktionen?

a) Schuhgröße → Name eines Schülers der Klasse

b) Name eines Schülers der Klasse → Schuhgröße

c) Wohnort → Postleitzahl

d) Fußballverein → momentaner Kapitän der 1. Mannschaft

e) Name eines Schülers der Klasse → Hobby

f) Hobby → Name eines Schülers der Klasse

<u>Aufgabe 2:</u> Sind das Graphen von Funktionen?

a)
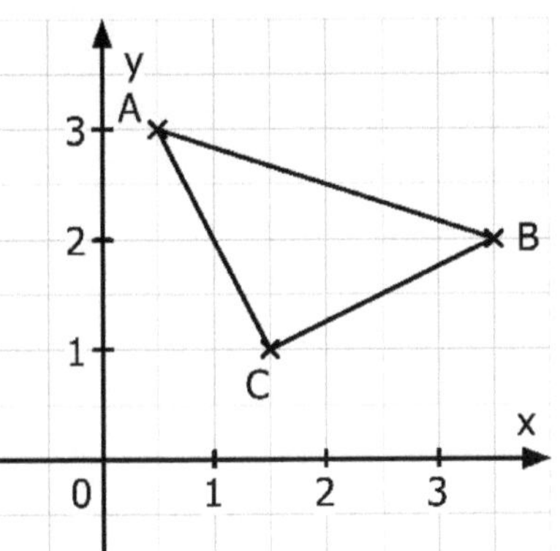

b)
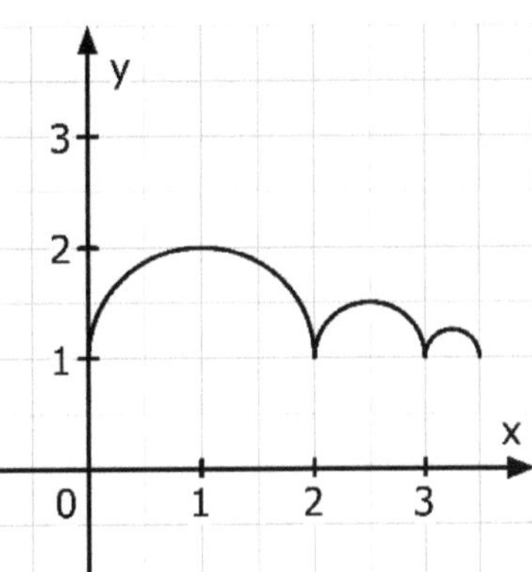

c)
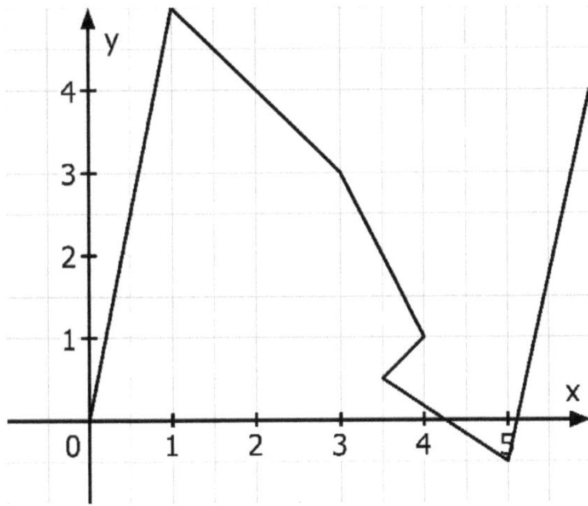

2.3.2 Proportionale und lineare Funktionen

Eigentlich handelt es sich bei proportionalen und linearen Funktionen um zwei Themen, die in der Regel getrennt betrachtet werden. Dies macht auch bei einer erstmaligen Einführung Sinn. Ich fasse hier beide Kapitel zusammen, da ich zum einen dieses Thema hier nicht neu einführe und zum anderen die proportionalen Funktionen ein Spezialfall der linearen Funktionen sind.

Lineare Funktionen haben als Graphen Geraden, die die y-Achse an einer beliebigen Stelle schneiden. **Proportionale Funktionen** sind genauso Geraden, die die y-Achse aber immer bei $y = 0$, also im Ursprung $(0/0)$ schneiden:

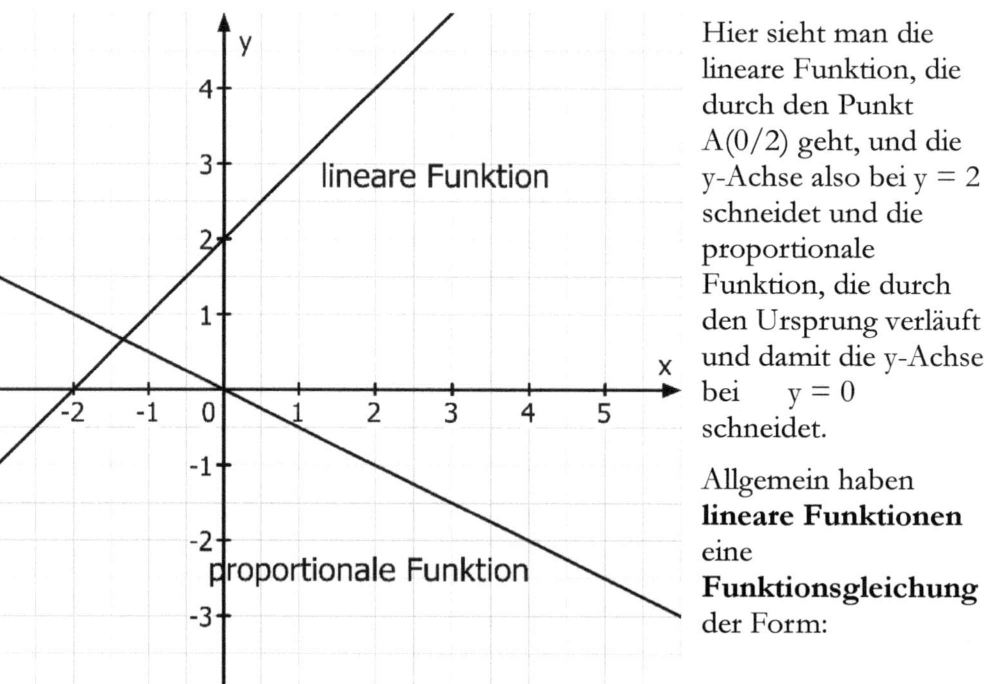

Hier sieht man die lineare Funktion, die durch den Punkt $A(0/2)$ geht, und die y-Achse also bei $y = 2$ schneidet und die proportionale Funktion, die durch den Ursprung verläuft und damit die y-Achse bei $y = 0$ schneidet.

Allgemein haben **lineare Funktionen** eine **Funktionsgleichung** der Form:

Dabei beschreibt **m** immer die **Steigung** der Funktion und **n** den **y-Achsenabschnitt**. Ist **n = 0**, so handelt es sich um eine **proportionale Funktion**. In unserem Beispiel hat die lineare Funktion die Steigung 1 und die proportionale Funktion die Steigung $-\frac{1}{2}$. Die Erklärung erfolgt auf der nächsten Seite.

<u>Zeichnen linearer Funktionen:</u>

Lineare Funktionen, die in der oben genannten Form gegeben sind, werden immer nach demselben Schema gezeichnet. Sollten zwei Punkte bekannt sein, trägt man diese ins Koordinatensystem ein und zeichnet durch die beiden eine Gerade. Ansonsten schaut man sich den y-Achsenabschnitt n an und kennzeichnet diesen im Koordinatensystem. Von dort aus trägt man nun die Steigung mithilfe eines Steigungsdreiecks ab. Ist m in der Form $m = \dfrac{a}{b}$, so geht man vom y-Achsenabschnitt aus b Einheiten (Nenner) nach rechts und a Einheiten (Zähler) nach oben. Dies ist der zweite Punkt der Geraden. Nun verbindet man beide Punkte, so dass man eine Gerade erhält. Ist m eine ganze Zahl, so ist b automatisch 1 und man muss eine Einheit nach rechts gehen.

<u>Beispiele:</u>

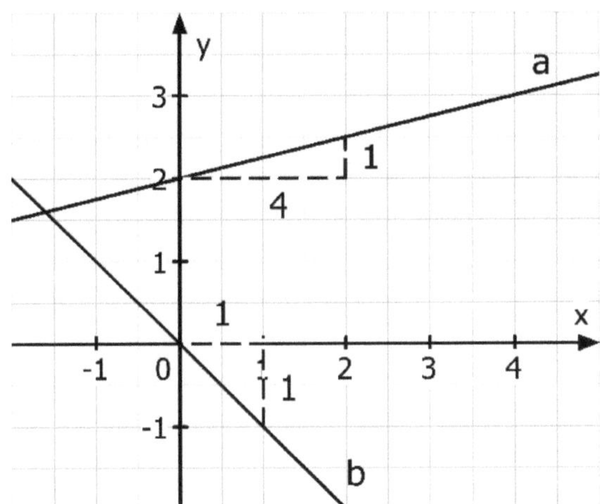

Die Funktionsgleichungen lauten:

$$a:\ y = \frac{1}{4} \cdot x + 2 \ ; \quad b:\ y = -x$$

Für a gilt also n = 2. Wir markieren also den y-Achsenabschnitt bei y = 2. Danach gehen wir von dort 4 nach rechts (Nenner der Steigung) und 1 nach oben (Zähler der Steigung).

Bei b haben wir den y-Achsenabschnitt n = 0 (ist nicht vorhanden in der Gleichung). Also starten wir im Ursprung. Die Steigung lautet -1. Diese ist damit ganzzahlig und wir gehen 1 nach rechts. Da sie -1 (negativ) ist gehen wir nun „-1 nach oben", also 1 nach unten. Schon haben wir die beiden Funktionen gezeichnet.

An diesem Beispiel sieht man auch, dass es egal ist, ob man Einheiten oder Kästchen abzählt. Wichtig ist nur, dass man es bei einer Funktion sowohl in x-, als auch y-Richtung gleich macht.

<u>Lineare Funktionen aus 2 Punkten bestimmen:</u>

Haben wir nur 2 Punkte ($A(x_1/y_1)$ und B (x_2/y_2)), aus denen wir eine Funktionsgleichung bestimmen sollen, ohne die Steigung zu kennen, machen wir uns als erstes klar, wie die **Steigungsformel** einer linearen Funktion lautet:

$$m = \frac{y_2 - y_1}{x_2 - x_1}$$

Haben wir also die Punkte A und B gegeben, setzen wir die beiden Punkte dort ein und berechnen m. Haben wir m, setzen wir dieses schon einmal in die Funktionsgleichung $y = m \cdot x + n$ ein. Nun fehlt nur noch n. Dafür setzen wir dann einen der Punkte (welcher ist egal) in die Gleichung ein und lösen sie nach n auf. Schon haben wir m und n und sind somit fertig.

<u>Beispiel:</u>

Sind die beiden Punkte A(1/2) und B (3/6) gegeben, setzen wir diese erst einmal in die Steigungsformel ein:

$$\textit{Zu bestimmen ist } y = m \cdot x + n$$

$$m = \frac{y_2 - y_1}{x_2 - x_1}$$

$$\Rightarrow m = \frac{6 - 2}{3 - 1}$$

$$\Leftrightarrow m = \frac{4}{2}$$

$$\Leftrightarrow \underline{\underline{m = 2}}$$

$$\Rightarrow y = 2x + n$$

Nun setzen wir den Punkt A in die Gleichung ein und erhalten:

$$2 = 2 \cdot 1 + n$$

$$\Leftrightarrow 2 = 2 + n \mid -2$$

$$\Leftrightarrow \underline{\underline{n = 0}}$$

Also ergibt sich unsere Funktionsgleichung: $y = 2x + 0$ *oder besser* $y = 2x$

Setzt man B anstatt A ein, erhält man dasselbe Ergebnis.

Möchte man aus einem vorgegebenen Graphen eine Funktionsgleichung bestimmen, gibt es zwei Möglichkeiten. Entweder man liest zwei Punkte ab und macht dann genau die Schritte wie gerade beschrieben. Oder man liest den y-Achsenabschnitt und ebenfalls die Steigung über ein beliebiges Steigungsdreieck ab und setzt beides in die allgemeine Funktionsgleichung ein, die das Ergebnis liefert.

Übungsaufgaben: Lineare Funktionen (Lösung S. 113)

Aufgabe 1: Zeichne die gegebenen Funktionen in ein Koordinatensystem!

a) $g: y = 3x + 1$; $h: y = -2x - 2$; $i: y = \frac{1}{3}x - 4$

b) $j: y = -3x + 1$; $k: y = \frac{2}{3}x - 2$; $l: y = -\frac{3}{4}x + 4$

Aufgabe 2: Bestimme die Funktionsgleichungen.

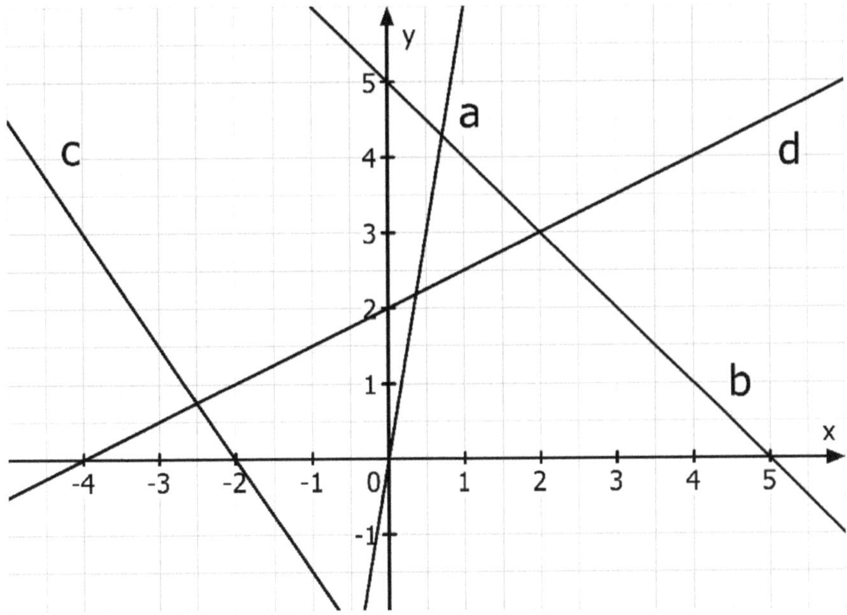

Aufgabe 3: Bestimme die Funktionsgleichungen.

a) A (1 / - 3) ; B (5 / 5)   ;   A (5 / 5,5) ; B (- 10 / 2)

b) m = - 3 ; A (- 3 / 16)   ;   n = -10 ; B (4 / -7)

2.3.3 Quadratische Funktionen

Funktionen der Form: $y = ax^2 + bx + c$ nennt man **quadratische Funktionen** (a, b und c können beliebige reelle Zahlen sein, wobei a nicht 0 sein darf, sonst wäre es eine lineare Funktion). Die oben genannte Form ist die **allgemeine Form** einer quadratischen Funktion. Ist a = 1, so nennt man diese Form die **Normalform**. Zum Schluss gibt es noch die sogenannte **Scheitelform ($y = a(x-d)^2 + e$).**

$y = ax^2 + bx + c$	allgemeine Form
$y = x^2 + bx + c$	Normalform
$y = a(x - d)^2 + e$	Scheitelform

Aus der Scheitelform kann man den **Scheitelpunkt** direkt ablesen. Er hat die Koordinaten **S(d/e)**. Wichtig zu beachten ist hier, dass in der Scheitelform ein Minus vor dem d steht. Bei der Angabe des x-Wertes des Scheitelpunktes aber nicht. Das Vorzeichen muss beim x-Wert also umgedreht werden. Dies hat damit zu tun, dass ich den Wert für x suche, der dazu führt, dass x - d Null wird.

Dies gilt aber nur für den x-Wert, beim y-Wert wird das Vorzeichen nicht gedreht, sondern bleibt so erhalten.

<u>Beispiele:</u>

Die Funktion $y = (x - 3)^2 + 4$ hat den Scheitelpunkt S(3/4).
In der Funktionsgleichung steht **-3**, also muss beim Scheitelpunkt **+3** stehen. Das Plus wird allerdings nicht geschrieben. Beim y-Wert bleibt es bei +4.

Die Funktion $y = (x + 7)^2 + 8$ hat den Scheitelpunkt S(-7/8).
In der Funktionsgleichung steht **+7**, also muss beim Scheitelpunkt **-7** stehen.

Die Funktion $y = (x - 3)^2 - 9$ hat den Scheitelpunkt S(3/-9).
In der Funktionsgleichung steht wieder **-3**, also muss beim Scheitelpunkt **+3** stehen. Beim y-Wert bleibt das Vorzeichen allerdings so stehen, daher haben wir hier **-9**.

Der Scheitelpunkt ist der jeweils höchste oder tiefste Punkt der quadratischen Funktion, je nachdem ob der Graph nach oben oder unten geöffnet ist. Diesen Graphen nennt man **Parabel**.

Allein an der Form der Funktionsgleichung kann man einiges über die Parabeln sagen.

Öffnung der Parabel	$a>0$	Nach oben geöffnet
	$a<0$	Nach unten geöffnet
Streckung	$\lvert a\rvert > 1$	gestreckt
	$\lvert a\rvert = 1$	Normalparabel
	$\lvert a\rvert < 1$	gestaucht
Verschiebung (nur bei der Scheitelform ablesbar)	$e>0$	Nach oben verschoben
	$e<0$	Nach unten verschoben
	$d>0$	Nach rechts verschoben
	$d<0$	Nach links verschoben

$\lvert a\rvert$ steht dabei für den Betrag von a. Hier schauen wir uns das a also einfach an, ohne das Vorzeichen zu beachten.

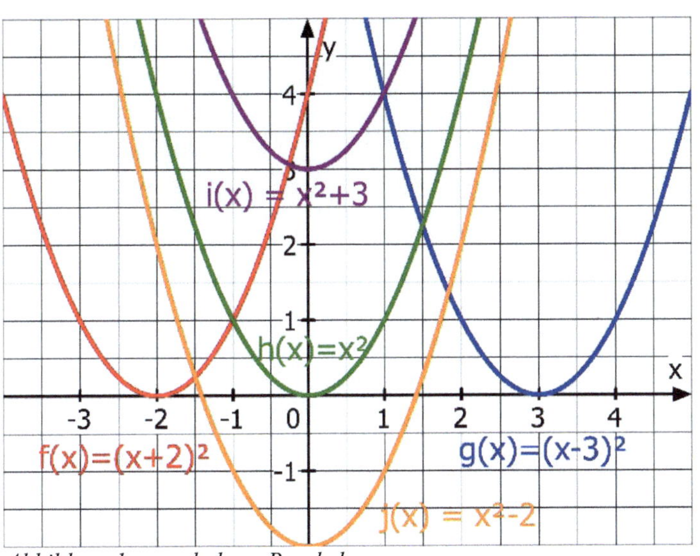

Abbildung 1: verschobene Parabeln

In der Abbildung 1 „verschobene Parabeln" ist zu sehen, was die Veränderung der Werte d und e bewirken.

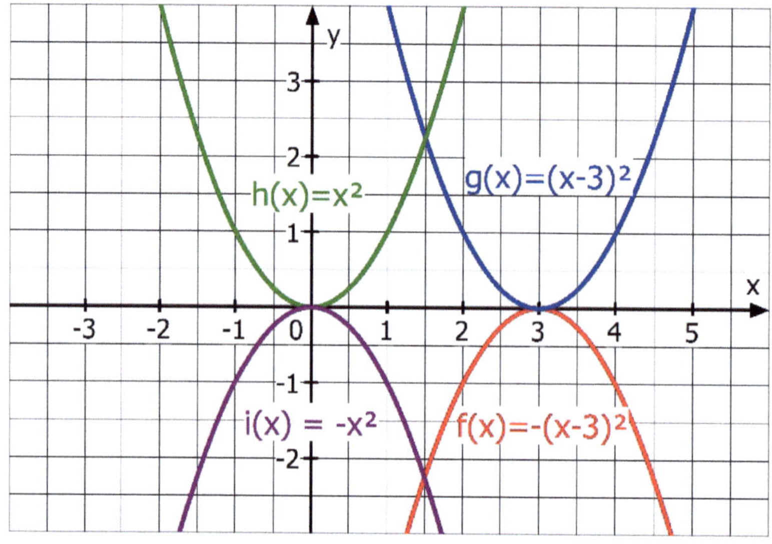

Die Abbildung 2 „Parabelöffnungen" zeigt den Unterschied, ob a negativ oder positiv ist.

Abbildung 2: Parabelöffnungen

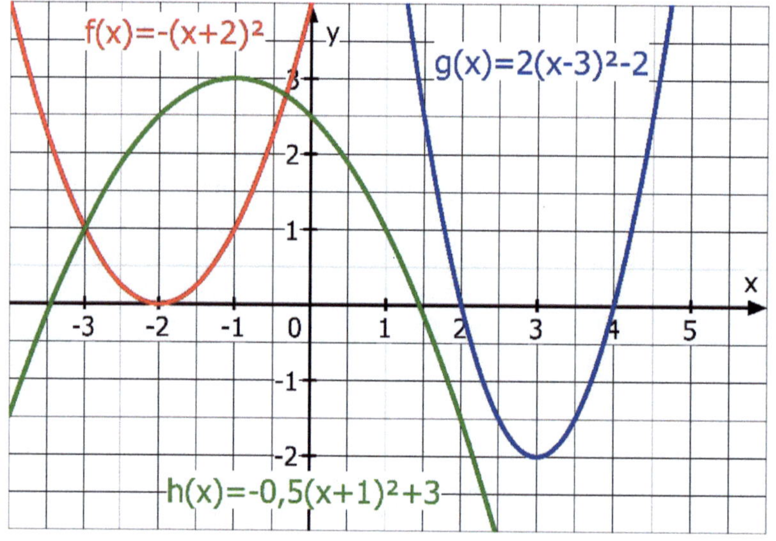

Die Abbildung 3 „Allgemeine Parabeln" zeigt schließlich eine „Kombination aus allen Möglichkeiten".

Abbildung 3: allgemeine Parabeln

48

<u>Zeichnen von Parabeln:</u>

Wie zeichnet man Parabeln am besten? Es gibt zwei Möglichkeiten. Wenn man den Scheitelpunkt nicht kennt, muss man leider eine Wertetabelle anlegen (meist wenn man die allgemeine Form gegeben hat). Wenn man den Scheitelpunkt kennt, kann man es sich einfacher machen.

Zuerst kennzeichnet man den Scheitelpunkt (Abbildung 4). Von dort aus trägt man eine Art Steigungsdreieck ein. Man geht eine Einheit nach rechts und dann 1^2 Einheiten nach oben. Dann geht man vom Scheitelpunkt 2 nach rechts und $2^2 = 4$ nach oben, anschließend 3 nach rechts und $3^2 = 9$ nach oben. Dies kann man nun fortführen. Nach links macht man dasselbe, da Parabeln ja achsensymmetrisch sind. Wichtig dabei ist es, wirklich Einheiten zu zählen und nicht Kästchen!

In Abbildung 5 ist gezeigt, was man macht, wenn es einen Vorfaktor a gibt, der nicht gleich 1 ist.
In diesem Fall ist a = 2. Hier werden nun einfach alle Werte, die man in y-Richtung (nach oben) gehen muss, mit dem Faktor 2 multipliziert.

Bei beiden Abbildungen ist als Beispiel eingetragen, wie die „Steigungsdreiecke" eingezeichnet wurden, um weitere Punkte der Parabeln zu kommen. Die Steigungsdreiecke selbst müssen natürlich später nicht mit eingetragen werden.

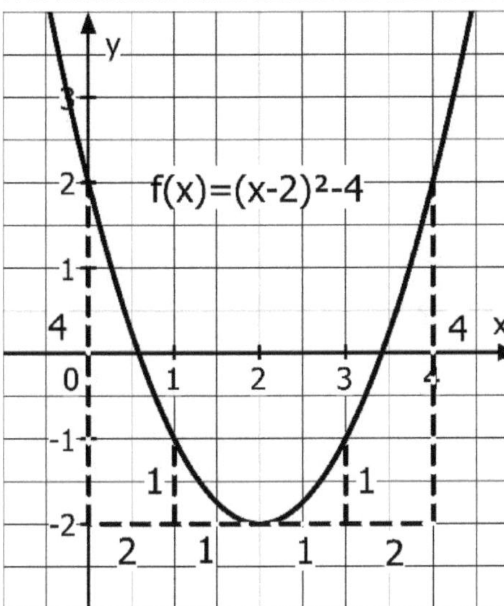

Abbildung 4: Zeichnen von Parabeln 1

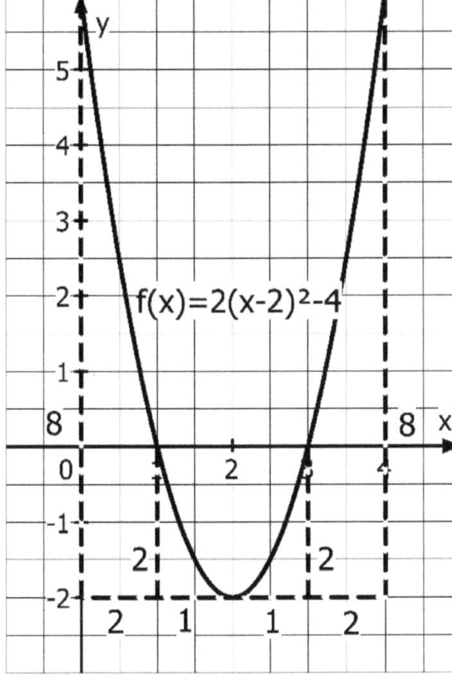

Abbildung 5: Zeichnen von Parabeln 2

Bestimmen von quadratischen Funktionen:

Eine quadratische Funktion ist durch drei gegebene Punkte festgelegt. Wenn einer dieser Punkte der Scheitelpunkt ist, reicht ein weiterer Punkt, da durch die Angabe des Scheitelpunktes auch die Symmetrieachse bekannt ist.

Beispiel:

Finde die Parabel durch den Scheitelpunkt S(1/2) und P(3/10).

$$y = a(x - d)^2 + e$$

$$S\ einsetzen{:}\ y = a(x - 1)^2 + 2$$

$$P\ einsetzen{:}\ 10 = a(3 - 1)^2 + 2$$

$$10 = a \cdot 2^2 + 2$$

$$10 = 4a + 2 \mid -2$$

$$8 = 4a \mid : 4$$

$$a = 2$$

$$\Rightarrow y = 2(x - 1)^2 + 2$$

<u>Umrechnung zwischen allgemeiner Form und Scheitelform:</u>

Das Umrechnen von der allgemeinen Form in die Scheitelform erfolgt über die Methode der quadratischen Ergänzung. Dabei werden die Eigenschaften der Binomischen Formeln ausgenutzt.

<u>Beispiel:</u>

$$y = 2x^2 - 12x + 23$$

$$y = 2\left(x^2 - 6x + \frac{23}{2}\right)$$

$$y = 2\left(x^2 - 6x + \underbrace{\left(\frac{6}{2}\right)^2 - \left(\frac{6}{2}\right)^2}_{=0;\ \textit{quadratische Ergänzung}} + \frac{23}{2}\right)$$

$$y = 2\left(\left(x - \frac{6}{2}\right)^2 - 9 + \frac{23}{2}\right)$$

$$y = 2\left((x - 3)^2 + \frac{5}{2}\right)$$

$$y = 2(x - 3)^2 + 5$$

Bei der quadratischen Ergänzung nimmt man immer den Vorfaktor von x, teilt diesen durch 2 und quadriert das Ergebnis (hier $\left(\frac{6}{2}\right)^2$). Dies addiert man einmal (der Teil wird für die Binomische Formel benötigt). Anschließend muss man das ganze wieder subtrahieren, damit man nichts verändert.

Der Weg zurück ist einfacher. Hier muss man „nur" die Binomische Formel anwenden und alles vereinfachen.

$$y = 2(x - 3)^2 + 5$$

$$y = 2(x - 6x + 9) + 5$$

$$y = 2x - 12x + 18 + 5$$

$$y = 2x - 12x + 23$$

Mit diesem Wissen sollten die Aufgaben zu quadratischen Funktionen nicht mehr so schwer sein.

Übungsaufgaben: Quadratische Funktionen (Lösung S. 114)

Aufgabe 1: Zeichne folgende Funktionen in ein Koordinatensystem!

a) $f\colon y = (x-2)^2$; $\;g\colon y = (x+2)^2$; $\;h\colon y = x^2 + 2$; $\;i\colon y = x^2 - 2$; $\;j\colon y = (x+2)^2 + 2$

b) $f\colon y = (x+1)^2$; $\;g\colon y = 2(x+1)^2$; $\;h\colon y = -2(x+1)^2$; $\;i\colon y = 0{,}5(x+1)^2$

Aufgabe 2: Beschreibe die Parabeln möglichst genau (ohne sie zu zeichnen)!

$$f\colon y = 10(x+2)^2 - 5; \quad g\colon y = -100(x+5)^2 + 3; \quad h\colon y = 0{,}0001x^2 + 1.000$$

Aufgabe 3: Nenne eine Parabel, die der Beschreibung entspricht!

a) Der Scheitelpunkt der nach unten geöffneten Normalparabel liegt bei S(2/3).

b) Eine nach oben geöffnete Parabel wurde um den Faktor 4 gestreckt und hat seinen tiefsten Punkt bei P(-4/-6).

c) Eine um den Faktor 3 gestauchte, nach unten geöffnete Parabel hat ihren maximalen Wert von 10 bei x = 1.

Aufgabe 4: Bestimme jeweils eine andere Form!

$$y = 3(x-4)^2 + 5; \quad y = 0{,}25(x+3{,}5)^2 - 12; \quad y = x^2 + 10x - 11; \quad y = 4x^2 - 32x + 16$$

Aufgabe 5:

Der freie Fall eines Fallschirmspringers, der in 3 km Höhe abspringt, wird mit der Formel $s = \frac{1}{2} \cdot a \cdot t^2$ beschrieben. s steht dabei für den zurückgelegten Weg, a für die Beschleunigung (hier gilt $a = 10\,\frac{m}{s^2}$) und t für die Zeit in Sekunden.

Berechne, wie viele Meter sich der Springer über dem Boden befindet, wenn sein Fallschirm nach 5 Sekunden geöffnet ist.

2.3.4 Potenzfunktionen

Jede Funktion der Form $y = x^n$ (wobei n eine natürliche Zahl ist) nennt man
Potenzfunktion. Somit sind $y = x$ (Gerade) und $y = x^2$ (Normalparabel)
die einfachsten Potenzfunktionen. Diese Funktionen kann man in zwei
Gruppen einteilen. Einmal in die Gruppe mit geradem Exponenten n und
einmal in die Gruppe mit ungeradem Exponenten n.

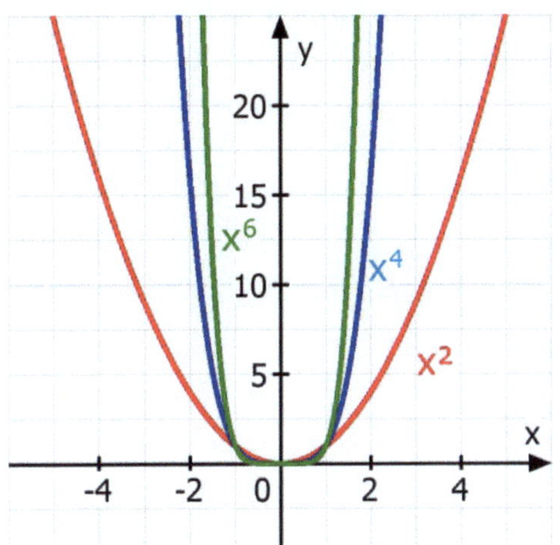

Abbildung 6: gerade Exponenten

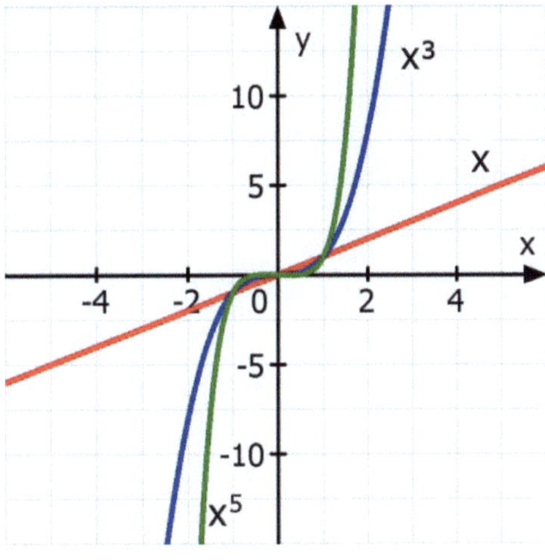

Abbildung 7: ungerade Exponenten

Eigenschaften	
Ungerade Exponenten	**Gerade Exponenten**
Punktsymmetrisch zum Ursprung	Achsensymmetrisch zur y-Achse
Gehen alle durch die Punkte (0/0); (1/1); (-1/-1)	Gehen alle durch die Punkte (0/0); (1/1); (-1/1)
Sowohl im positiven als auch im negativen y-Bereich	Nur im positiven (oder nur im negativen) y-Bereich

2.3.5 Exponentialfunktionen

Exponentialfunktionen sind Funktionen der Form $y = a^x$ (a sollte dabei immer größer 0 sein), also Funktionen bei denen x im Exponenten vorkommt. Genutzt werden sie vor allem bei Wachstumsvorgängen. Dort betrachtet man die Funktionen (etwas erweitert): $y = \underbrace{b}_{Startwert} \cdot \underbrace{a}_{Wachstumsfaktor}{}^{x}$

<u>Beispiel:</u> Die Anzahl der Seerosen auf einem Teich verdoppelt sich von Tag zu Tag. Wie viele sind es nach 10 Tagen, wenn zu Beginn 5 Seerosen auf dem Teich waren?

Der Startwert ist also 5 und der Wachstumsfaktor 2, da sich die Anzahl verdoppelt. Also haben wir folgende Funktion:

$$y = 5 \cdot 2^x$$

Da uns der Wert nach 10 Tagen interessiert, setzen wir 10 für x ein:

$$y = 5 \cdot 2^{10}$$

$$y = 5 \cdot 1024$$

$$y = 5120$$

Also haben wir 5120 Seerosen nach 10 Tagen auf dem Teich.

Sind zwei Werte gegeben, kann man die Funktion bestimmen, indem man beide Werte einsetzt und somit ein Gleichungssystem erhält.

<u>Beispiel:</u> $\qquad$ A(0/4) und B (2/36)

$$\begin{bmatrix} I & 4 = b \cdot a^0 \\ II & 36 = b \cdot a^2 \end{bmatrix}$$

$$\begin{bmatrix} I & 4 = b \\ II & 36 = b \cdot a^2 \end{bmatrix}$$

Setze nun I in II ein: $\qquad 36 = 4 \cdot a^2 \mid : 4$

$$9 = a^2 \mid \sqrt{}$$

$$a = 3$$

$$\Rightarrow y = 4 \cdot 3^x$$

Ist a > 1 so spricht man vom **exponentiellen Wachstum.**

Ist a < 1 so spricht man von einer **exponentiellen Abnahme.**

54

<u>Übungsaufgaben: Exponentialfunktionen (Lösung S. 115)</u>

<u>Aufgabe 1:</u>

In einem Teich sind 2 Seerosen. Diese vermehren sich so stark, dass sich ihre Anzahl von Tag zu Tag verdoppelt.

a) Bestimme eine allgemeine Funktionsgleichung.

b) Berechne, wie viele es nach 12 Tagen sind.

c) Berechne, wie lange es gedauert hätte, bis genauso viele Seerosen gewachsen wären wie in Teil b), wenn es am Anfang allerdings nur 1 Seerose gewesen wäre.

<u>Aufgabe 2:</u> Bestimme die Funktionsgleichungen!

a) $A(0/3)$; $B(2/12)$

b) $A(0/256)$; $B(3/32)$

<u>Aufgabe 3:</u>

Die Anzahl der Luftbläschen der Schaumkrone eines Bieres halbiert sich in jeder Sekunde. Am Anfang sind es 10.000.

a) Bestimme eine Funktionsgleichung.

b) Berechne, wie viele es nach 10 Sekunden sind.

c) Berechne, wie viele es nach 20 Sekunden sind.

2.4 Lineare Gleichungssysteme

Lineare Gleichungssysteme können aus beliebig viele Gleichungen mit beliebig vielen Unbekannten bestehen. Für die Abschlussprüfung reicht es aus, wenn man sich mit der einfachsten Variante mit 2 Gleichungen und 2 Unbekannten beschäftigt. Geometrisch gesehen handelt es sich bei 2 linearen Gleichungen mit 2 Unbekannten um 2 Geradengleichungen (2 lineare Funktionen). Ziel ist es, den Schnittpunkt dieser beiden Geraden zu finden.

Es gibt insgesamt vier Arten, solche Gleichungssysteme zu lösen. Dabei sind alle vier Arten gleichwertig und führen (bei richtiger Durchführung) zum gleichen Ergebnis. Um dies zu demonstrieren werde ich alle vier Arten an dem System

$$\begin{bmatrix} I & y = 3x - 5 \\ II & y = -2x + 5 \end{bmatrix}$$ vorführen.

<u>Graphische Lösung:</u>

Wie oben beschrieben kann man die beiden Gleichungen als Funktionsgleichungen von linearen Funktionen (also Geradengleichungen) auffassen. Da es sich bei der Lösung um die Suche nach einem Schnittpunkt handelt, zeichnet man beide Geraden in ein Koordinatensystem und liest den Schnittpunkt ab. Diese Methode ist in der Regel fehlerbehaftet, da man nie so genau zeichnen und ablesen kann.

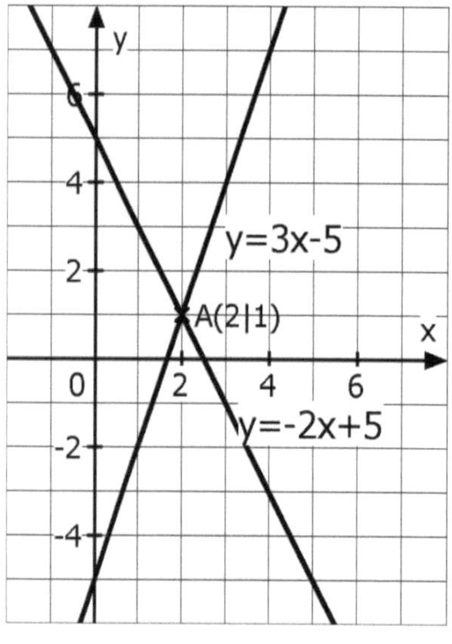

Noch einmal zur Erinnerung (siehe auch Kapitel 2.3.2 Proportionale und lineare Funktionen):

Die Geraden werden gezeichnet, indem man den y-Achsenabschnitt auf der y-Achse markiert und danach die Steigung abträgt. In diesem Beispiel fangen wir bei (0/-5) an. Von dort gehen wir eine Einheit nach rechts und 3 Einheiten nach oben ((1/-2)). Durch diese beiden Punkte zeichnen wir nun die Gerade. Analog entsteht die zweite Gerade.

Der Schnittpunkt lautet S(2/1). Damit ist die Lösung des Gleichungssystems x = 2 und y = 1.

Gleichsetzungsverfahren:

Da der Schnittpunkt gesucht wird, müssen sowohl x als auch y in der ersten und zweiten Gleichung den gleichen Wert haben. Wenn also beide Gleichungen nach einer Variablen aufgelöst sind, kann man die beiden Gleichungen gleich setzen, denn es gilt y = y (auf der rechten Seite setzt man nun y aus Gleichung I und auf der linken y aus Gleichung II ein):

$$\begin{bmatrix} I\ y = 3x - 5 \\ II\ y = -2x + 5 \end{bmatrix}$$

Gleichsetzen von I und II: I=II

$$3x - 5 = -2x + 5 \quad | + 2x$$

$$5x - 5 = 5 \quad | + 5$$

$$5x = 10 \quad | : 5$$

$$\underline{x = 2}$$

Jetzt fehlt noch der y-Wert. Wir setzen x = 2 also in eine beliebige der beiden Ausgangsgleichungen ein:

Setze x = 2 in I ein:

$$y = 3 \cdot 2 - 5$$

$$\underline{y = 1}$$

Der Schnittpunkt und damit die Lösung lautet also ebenfalls S(2/1).

Einsetzungsverfahren:

Beim Einsetzungsverfahren wird ebenfalls ausgenutzt, dass die Variablen gleich sein müssen. Hier muss eine Gleichung nach einer Variablen aufgelöst werden und dann in die zweite Gleichung eingesetzt werden (wenn man also nach x auflöst, muss die andere Seite dieser Gleichung anstelle von x in die zweite Gleichung geschrieben werden). Bei unserem Beispiel läuft dies direkt auf die gleiche Lösung wie beim Gleichsetzungsverfahren hinaus, da bereits beide Gleichungen nach y aufgelöst sind. Daher löse ich Gleichung I zur Veranschaulichung nach x auf:

$$\begin{bmatrix} I & y = 3x - 5 & | + 5 \\ II & y = -2x + 5 & \end{bmatrix}$$

$$\begin{bmatrix} I & y + 5 = 3x & |:3 \\ II & y = -2x + 5 & \end{bmatrix}$$

$$\begin{bmatrix} I & \dfrac{1}{3} \cdot y + \dfrac{5}{3} = x \\ II & y = -2x + 5 \end{bmatrix}$$

Damit ist I aufgelöst und wird in II eingesetzt:

Setze I in II ein:

$$y = -2 \cdot \left(\frac{1}{3}y + \frac{5}{3} \right) + 5$$

$$y = -\frac{2}{3} \cdot y - \frac{10}{3} + 5$$

$$y = -\frac{2}{3} \cdot y + \frac{5}{3} \quad | + \frac{2}{3}y$$

$$\frac{5}{3} \cdot y = \frac{5}{3} \quad | : \frac{5}{3}$$

$$\underline{y = 1}$$

Auch hier muss noch x ausgerechnet werden:

Setze y = 1 in I ein:

$$\frac{1}{3} \cdot 1 + \frac{5}{3} = x$$

$$\frac{6}{3} = x$$

$$\underline{2 = x}$$

Damit ist die Lösung erneut der Schnittpunkt S(2/1).

<u>Additionsverfahren:</u>

Beim Additionsverfahren (Subtraktionsverfahren ist identisch) werden die beiden Gleichungen so addiert (subtrahiert), dass eine Variable „verschwindet". Dazu muss in der ersten und zweiten Gleichung der Vorfaktor von x oder y identisch, aber mit unterschiedlichem Vorzeichen (beim Subtraktionsverfahren gleiches Vorzeichen) sein. Dies geschieht, indem man die beiden Gleichungen einzeln mit jeweils einer Zahl so multipliziert oder auch dividiert, dass das gewünschte Ergebnis eintritt.

$$\begin{bmatrix} I & y = 3x - 5 & | \cdot 2 \\ II & y = -2x + 5 & | \cdot 3 \end{bmatrix}$$

$$\begin{bmatrix} & I & 2y = 6x - 10 \\ + & II & 3y = -6x + 15 \end{bmatrix}$$

$$5y = 5 \mid : 5$$

$$\underline{y = 1}$$

Auch hier erfolgt das Einsetzen:

Setze y = 1 in I ein:

$$1 = 3x - 5 \mid + 5$$

$$6 = 3x \mid : 3$$

$$\underline{x = 2}$$

Also haben wir auch hier den Schnittpunkt S(2/1) als Lösung.

Übungsaufgaben: Gleichungssysteme (Lösung S. 115)

Aufgabe 1: Löse die folgenden Gleichungssysteme!

$$\begin{bmatrix} I & 2x = 3y + 4 \\ II & -2x = 10y + 22 \end{bmatrix} \quad \begin{bmatrix} I & 2y = 10x + 5 \\ II & 10y = 4x + 48 \end{bmatrix} \quad \begin{bmatrix} I & y = x + 12 \\ II & x = 2y - 14 \end{bmatrix}$$

Aufgabe 2: In einem Hotel gibt es Einzel- und Doppelzimmer. Es hat insgesamt 32 Zimmer und 54 Betten.

Berechne, wie viele Einzel- und wie viele Doppelzimmer das Hotel hat.

2.5 Quadratische Gleichungen

Quadratische Gleichungen haben allgemein die Form:

$$\mathbf{ax^2 + bx + c = d,}$$

wobei a, b, c und d beliebige reelle Zahlen sein dürfen, nur a darf nicht 0 sein, sonst haben wir eine lineare Gleichung. Vom Prinzip her ist das Lösen von quadratischen Gleichungen die Suche nach Nullstellen (Schnittpunkten mit der x-Achse) von quadratischen Funktionen.

Es gibt zwei Möglichkeiten, solche Gleichungen zu lösen. Einmal mithilfe der Ergänzung (siehe Kapitel 2.3.3 Quadratische Funktionen nur mit 0 anstatt y) und einmal mit der sogenannten p-q-Formel. Beide Methoden haben gemeinsam, dass die Gleichungen erst einmal in **Normalform** $(x^2 + px + q = 0)$ gebracht werden müssen. Die **p-q-Formel** bezieht sich genau auf diese Form und lautet:

$$x_{1/2} = -\frac{p}{2} \pm \sqrt{\left(\frac{p}{2}\right)^2 - q}$$

Da es in der Prüfung nicht darauf ankommt, beide Methoden zu können, sondern „nur" darauf, solche Aufgaben lösen zu können, und die Methode der quadratischen Ergänzung im Kapitel 2.3.3 Quadratische Funktionen bereits behandelt wurde, konzentriere ich mich hier auf die Anwendung der p-q-Formel.

Beispiel: Wir haben folgende Gleichung:

$$30 = 2x^2 - 6x + 34$$

Diese wird nun erst einmal in Normalform gebracht.

$$30 = 2x^2 - 6x + 34 \mid -30$$

$$0 = 2x^2 - 6x + 4 \mid : 2$$

$$0 = x^2 - 3x + 2$$

Dies ist die Normalform mit p = -3 und q = 2. Einsetzen in die p-q-Formel:

$$x_{1/2} = -\frac{-3}{2} \pm \sqrt{\left(\frac{-3}{2}\right)^2 - 2}$$

$$x_{1/2} = \frac{3}{2} \pm \sqrt{\frac{9}{4} - \frac{8}{4}}$$

$$x_{1/2} = \frac{3}{2} \pm \sqrt{\frac{1}{4}}$$

$$x_{1/2} = \frac{3}{2} \pm \frac{1}{2}$$

$$x_1 = \frac{3}{2} + \frac{1}{2} \ \vee \ x_2 = \frac{3}{2} - \frac{1}{2}$$

$$x_1 = 2 \ \vee \ x_2 = 1$$

Damit sind die Lösungen $x_1 = 2$ und $x_2 = 1$. Wenn es sich um eine quadratische Funktion handeln würde, hätten wir nun die Nullstellen $N_1(2/0)$ und $N_2(1/0)$.

Übungsaufgaben: Quadratische Gleichungen (Lösung S. 115)

Aufgabe 1: Löse die folgenden Gleichungen.

a) $0 = x^2 - 7x + 12$; $0 = x^2 + 12x + 35$; $0 = x^2 - \frac{1}{4}x - \frac{3}{8}$

b) $-10 = 2x^2 + 14x + 10$; $-45 = -5x^2 - 5x + 15$

Aufgabe 2: Ein quadratisches Grundstück wird gegen ein flächengleiches rechteckiges Grundstück getauscht. Das neue Grundstück ist 5 m weniger breit, dafür aber 10 m länger.

a) Skizziere die beschriebene Situation (Tipp: Nenne die Seiten desQuadrates x. Was muss geändert werden, um auf die Rechteckseiten zu kommen?)

b) Berechne, wie breit und lang die beiden Grundstücke sind.

c) Berechne, wie groß die Grundstücksflächen sind.

3　Vielecke und Körper

3.1　Grundbegriffe der Geometrie

Bevor wir mit dem Berechnen von Umfängen und Flächen beginnen können, sollten wir nochmals ein paar Grundbegriffe auffrischen und zusammenfassen.

Ein Dreieck hat grundsätzliche die Bezeichnungen, wie in der Abbildung rechts zu sehen, wenn nichts anderes angegeben ist:

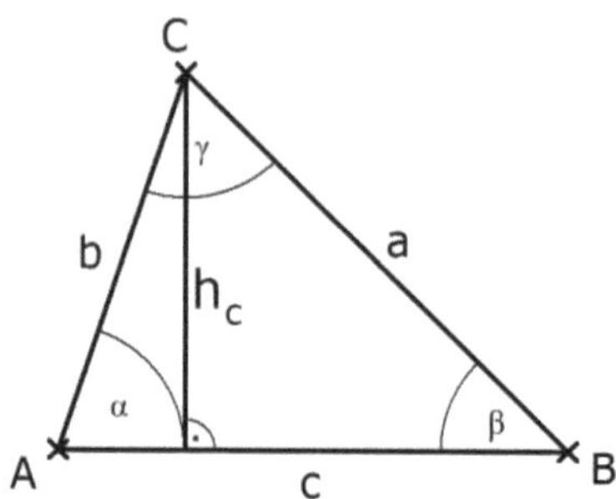

In der Abbildung zu sehen ist die **Höhe h_c**. Die Höhe ist eine Strecke, die senkrecht auf einer Dreiecksseite liegt und im gegenüberliegenden Punkt endet. h_c ist demnach die Höhe auf der Seite c, die im gegenüberliegenden Punkt C endet. Es gibt natürlich auch h_a und h_b. Im Dreieck haben immer die Punkte und die gegenüberliegenden Seiten die gleiche Bezeichnung.

Dabei sind wir direkt bei einer weiteren Vereinbarung. Punkte werden immer mit Großbuchstaben bezeichnet, Strecken und Geraden immer mit Kleinbuchstaben.

Ab dem Viereck (also auch beim Fünfeck, Sechseck usw.), haben immer die Punkte und die von da abgehenden Strecken die gleiche Bezeichnung.

In der Abbildung rechts ist dies beispielhaft für ein Viereck dargestellt.

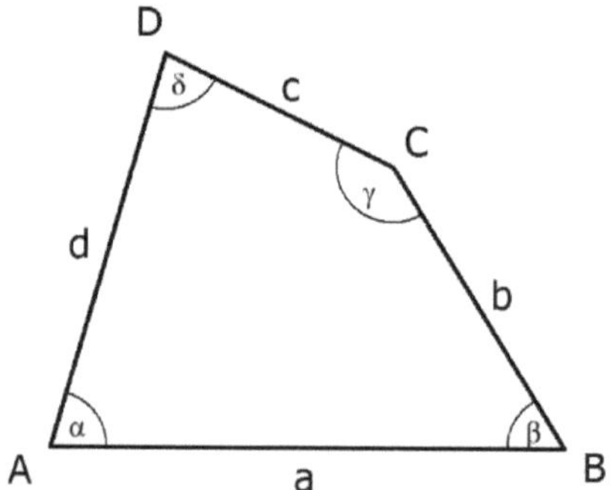

In einem **rechtwinkligen Dreieck** (also ein Dreieck mit einem rechten Winkel) gibt es 2 Seiten, die am rechten Winkel anliegen. Dies sind die sogenannten **Katheten**. Die Seite, die gegenüber der beiden Katheten liegt, ist die sogenannte **Hypotenuse** (oder auch **Basis**). Dreiecke werden auch wieder nach ihren Eigenschaften in bestimmte Gruppen eingeteilt. Diese Einteilung erfolgt einmal nach den Winkeln und einmal nach den Seiten. Es gibt:

- **spitzwinklige Dreiecke** (Dreiecke mit <u>drei</u> spitzen Winkeln).

- **rechtwinklige Dreiecke** (Dreiecke mit <u>einem</u> rechten Winkel).

- **stumpfwinklige Dreiecke** (Dreiecke mit <u>einem</u> stumpfen Winkel)

- **gleichschenklige Dreiecke** (Dreiecke mit <u>zwei</u> gleich langen Seiten, den sogenannten **Schenkeln**. Die dritte Seite ist dann die **Basis**).

- **gleichseitige Dreiecke** (<u>alle</u> Seiten gleich lang, damit sind alle Winkel 60°).

Spitze Winkel sind dabei unter 90°, ein **rechter Winkel** hat genau 90° und **stumpfe Winkel** sind zwischen 90° und 180°. Die **Winkelsumme** im Dreieck beträgt <u>immer genau</u> **180°**.

Am Kreis gelten folgende Bezeichnungen:

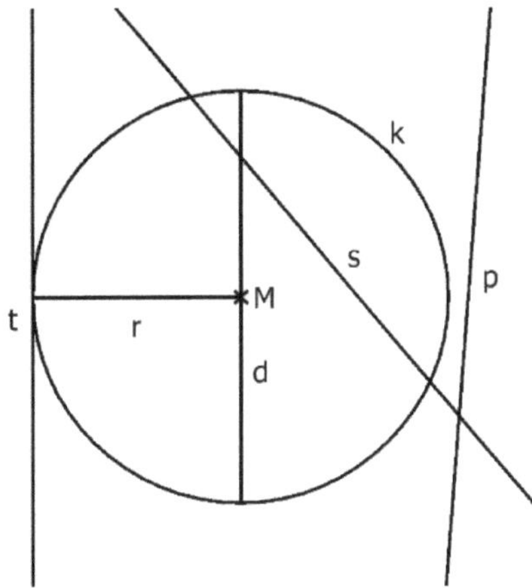

- **k** ist die **Kreislinie**

- **M** ist der **Mittelpunkt** des Kreises

- **r** ist der **Radius** des Kreises (Strecke zwischen Mittelpunkt und einem beliebigen Punkt auf der Kreislinie)

- **d** ist der **Durchmesser** des Kreises (Strecke zwischen 2 beliebigen Punkten der Kreislinie durch M)

- **p** ist eine **Passante** (Gerade, die den Kreis weder schneidet noch berührt)

- **t** ist die **Tangente** (Gerade, die den Kreis in genau einem Punkt berührt)

- **s** ist die **Sekante** (Gerade, die den Kreis in zwei Punkten schneidet)

3.2 Umfangs- und Flächenberechnungen

Zuerst einmal die Frage, was bedeuten die Begriffe Umfang und Flächeninhalt überhaupt.

Der **Umfang** ist die Länge der Strecke, die einmal um die Figur (Dreieck, Viereck, usw.) verläuft. Der Umfang wird mit **U** abgekürzt.

Die **Fläche** ist der Bereich, der von den Begrenzungslinien der Figur eingeschlossen ist. Die Fläche wird mit **A** abgekürzt.

Ein paar kleine Erklärungen vorweg:

Für alle Vierecke gilt immer, dass die **Winkelsumme 360°** beträgt und die Seiten **e** und **f** sind die beiden **Diagonalen** (also Strecken von A nach C und von B nach D).

Ein Kreis hat ebenfalls 360°. Die Formeln für die Kreisausschnitte ergeben sich einfach aus den Formeln für den Vollkreis, indem man diese durch 360° dividiert (so erhält man den Bogen bzw. die Fläche für 1°) und danach wird dieser Wert mit dem Winkel α des Ausschnittes multipliziert. Es ist also einfach nur die Anwendung des Dreisatzes. Wer das verinnerlicht, muss diese Formeln nicht lernen. Die beiden Umfangsformeln ergeben sich einfach aus der Tatsache, dass bei einem Kreis immer $d = 2r$ ist.

3.2.1 Umfangs- und Flächenformeln

Figur	Umfang	Fläche	Erklärungen
Dreieck	$U = a + b + c$	$A = \dfrac{1}{2} \cdot g \cdot h$	g ist die Grundseite und h die zugehörige Höhe.
rechtwinkliges Dreieck	$U = a + b + c$	$A = \dfrac{1}{2} \cdot a \cdot b$	Wenn bei γ der rechte Winkel ist, sind die beiden Katheten automatisch Grundseite und Höhe.
Quadrat	$U = 4a$	$A = a^2$	Alle 4 Seiten und Winkel gleich. Gegenüberliegende Seiten parallel.
Rechteck	$U = 2a + 2b$	$A = a \cdot b$	Gegenüberliegende Seiten parallel und gleich lang. Alle 4 Winkel 90°.
Parallelo-gramm	$U = 2a + 2b$	$A = g \cdot h$	Gegenüberliegende Seiten gleich lang und parallel, gegenüberliegende Winkel gleich.
Trapez	$U = a + b + c + d$	$A = \dfrac{a + c}{2} \cdot h$	2 Seiten parallel (hier a und c).
Drache	$U = 2a + 2b$	$A = \dfrac{e \cdot f}{2}$	Je 2 benachbarte Seiten gleich lang, 1 Paar gleich großer gegenüberliegender Winkel.
Raute / Karo	$U = 4a$	$A = g \cdot h$ oder $A = \dfrac{e \cdot f}{2}$	Alle Seiten gleich lang, gegenüberliegende Seiten parallel und gegenüberliegende Winkel gleich groß.
Kreis	$U = 2 \cdot \pi \cdot r$ oder $U = \pi \cdot d$	$A = \pi \cdot r^2$	r ist der Radius und d der Durchmesser des Kreises.
Kreis-ausschnitt	$b = \pi \cdot r \cdot \dfrac{\alpha}{180}$	$A = \pi \cdot r^2 \cdot \dfrac{\alpha}{360}$	b ist der sogenannte Kreisbogen.

3.2.2 Umfänge und Flächen berechnen

Um diese Aufgaben lösen zu können, muss man eigentlich immer „nur"
wissen, um was für eine Figur es sich handelt und welche Formeln dann gelten.
Mithilfe dieser Formeln sind die Aufgaben dann lösbar. Wenn es sich um eine
Textaufgabe handelt, empfiehlt es sich immer eine Skizze anzufertigen, um
einen besseren Überblick zu erhalten. Hat man dies gemacht, setzt man alles
was man kennt in die Formel ein und löst (falls nicht der Umfang oder die
Fläche gesucht sind) die Formel nach der gesuchten Unbekannten auf.

<u>Beispiele:</u>

- Berechne die Fläche eines Rechtecks mit einer Breite von 5 cm und
  einer Länge von 10 cm.

$$A = a \cdot b$$

$$A = 5\ cm \cdot 10\ cm$$

$$A = 50\ cm^2$$

Damit hat das Rechteck eine Fläche von 50 cm².

- Ein Drache hat einen Umfang von 30 cm. Eine Seite ist 10 cm lang.
  Wie lang sind die anderen?

$$U = 2a + 2b$$

$$30\ cm = 2 \cdot 10\ cm + 2b$$

$$30\ cm = 20\ cm + 2b\ |-20\ cm$$

$$10\ cm = 2b\ |:2$$

$$\underline{5\ cm = b}$$

Da in einem Drachen je zwei Seiten gleich lang sind, ist eine weitere Seite
10 cm und die anderen beiden Seiten sind jeweils 5 cm lang.

- Frank hat ein quadratisches Grundstück mit 100 m² Fläche gekauft, um
  Hühner halten zu können. Mit einer Seite grenzt es an eine Hauswand.

a) Wie lang muss der Zaun sein, der den Rest des Grundstücks umzäunen soll?

b) Was kostet es, wenn 1m Zaun 5 € kostet?

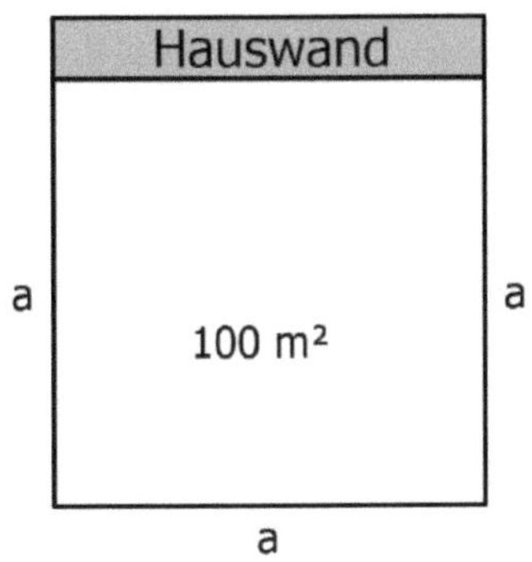

a) *Berechne zuerst die Seitenlängen:*

$$A = a^2$$

$$100\, m^2 = a^2$$

$$\underline{10\, m = a}$$

Es müssen 3 Seiten eingezäunt werden

$$U = 3a$$

$$U = 3 \cdot 10\, m$$

$$\underline{U = 30\, m}$$

Es werden 30 m benötigt.

b) $30 \cdot 5\,€ = 150\,€$ Der Zaun kostet also 150 €.

Übungsaufgaben: Umfänge und Flächen berechnen (Lösung S. 115)

Aufgabe 1:

Berechne die Fläche eines Trapezes mit a = 5 cm; c = 10 cm und h = 3 cm!

Aufgabe 2:

Berechne die Kreisfläche und den Umfang eines Kreises mir r = 5 cm.

Aufgabe 3:

Ein Kreisausschnitt mit $\alpha = 45°$ hat einen Radius von 10 m. Berechne die Größe des Kreisbogens und seine Fläche.

Aufgabe 4:

Bestimme die Fläche eines rechtwinkligen Dreiecks mit a = 3 cm; b = 4 cm und c = 5 cm (Der rechte Winkel liegt bei γ).

Aufgabe 5:

Ein Quadrat hat einen Umfang von 32 dm. Berechne die Größe der zugehörigen Fläche.

Aufgabe 6:

Berechne die Fläche eines Parallelogramms mit g = 14 cm und h = 2 dm!

Aufgabe 7:

Frank und Karl haben zwei Grundstücke. Beide wollen aber eigentlich lieber tauschen. Karls Grundstück hat die Form eines Trapezes (wobei die gegenüberliegenden parallelen Seiten 10 m und 12 m lang sind und 20 m auseinander liegen). Frank hat ein rechteckiges Grundstück mit einer Länge von 11 m und einer Breite von 21 m.

a) Entscheide begründet, ob die Grundstücke gleich groß sind!

b) Wenn sie nicht gleich groß sind, wollen sie sich gegenseitig den reinen Bodenpreis erstatten. Der liegt bei 49,50 € pro m². Bestimme, wer wem wie viel erstatten muss!

c) Nach dem Tausch wollen beide ihr Grundstück einzäunen. Frank kauft Zaun im Wert von 20 € je Meter. Karl baut eine Mauer, die ihn 150 € je Meter kostet. Beide lassen einen Eingang von 2 m Breite und eine Einfahrt von 3 m Breite frei. Bestimme, wie teuer der Zaun und die Mauer jeweils sind. (Gehe vereinfacht davon aus, dass die beiden fehlenden Seiten des Trapezes ebenfalls 20 m lang sind!)

Aufgabe 8:

Herr Maier möchte für seinen Sohn einen Drachen bauen. Dieser soll 50 cm breit und 1 m lang sein.

a) Die Hölzer kosten 12 € je Meter. Berechne wie teuer diese sind.

b) Der Stoff kostet 4,95 € je Quadratmeter. Berechne, wie teuer der Stoff ist.

c) Kleinteile zum Bauen kosten insgesamt 9,95 €. Berechne, wie teuer der ganze Drache ist.

Aufgabe 9:

Aus einem quadratischen Tisch (mit einem Fuß in der Mitte) mit einer Fläche von 4 m² soll ein möglichst großer runder Tisch geschnitten werden.

a) Berechne, wie groß der neue Tisch wird.

b) Bestimme, wie viel „Abfall" nachher entsorgt werden muss.

c) Die Fertigungskosten betragen 99 € und die Entsorgungskosten 13 € je Quadratmeter. Berechne, wie teuer der Umbau ist.

d) Berechne, wie viel Prozent der Fläche abfällt.

3.2.3 Zusammengesetzte Flächen

Zusammengesetzte Flächen zu bestimmen ist nicht viel schwieriger als „einfache" Flächen zu berechnen. Die Schwierigkeit besteht nur darin, diese Flächen so aufzuteilen, dass man die entstandenen Teilflächen mit den bekannten Flächenformeln bestimmen kann. Am Ende addiert man dann alle Teilflächen zusammen.

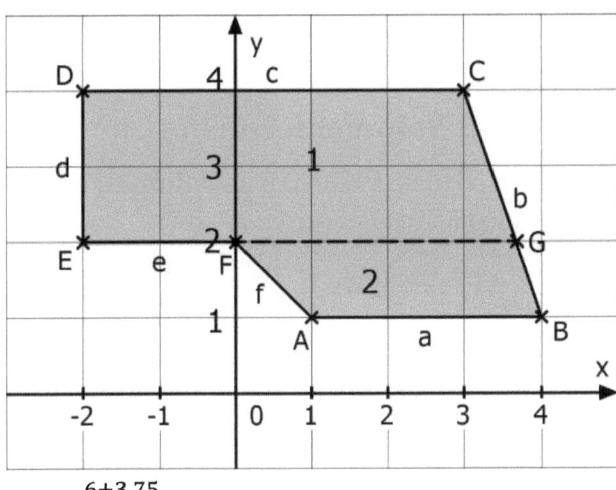

Beispiel:

Diese Fläche kann mit Hilfe der Strecke g (in der Zeichnung gestrichelt dargestellt) in zwei Trapeze unterteilt werden. Der Punkt G hat die Koordinaten G (3,75/2).

$$A_1 = \frac{6 + 6{,}75}{2} \cdot 2$$

$$\underline{A_1 = 12{,}75 \; [cm^2]}$$

$$A_2 = \frac{6 + 3{,}75}{2} \cdot 1$$

$$\underline{A_2 = 4{,}875 \; [cm^2]}$$

$$A_{ges} = A_1 + A_2$$

$$A_{ges} = 12{,}75 \; cm^2 + 4{,}875 \; cm^2$$

$$\underline{A_{ges} = 17{,}625 \; cm^2}$$

Übungsaufgaben: Zusammengesetzte Flächen (Lösung S. 116)

Aufgabe 1: a)   **b)**

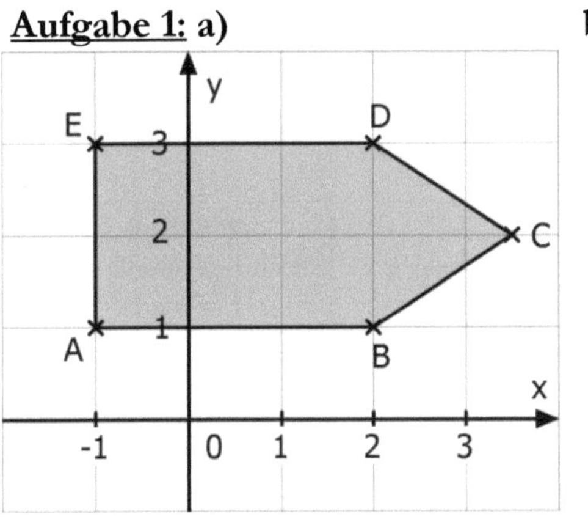

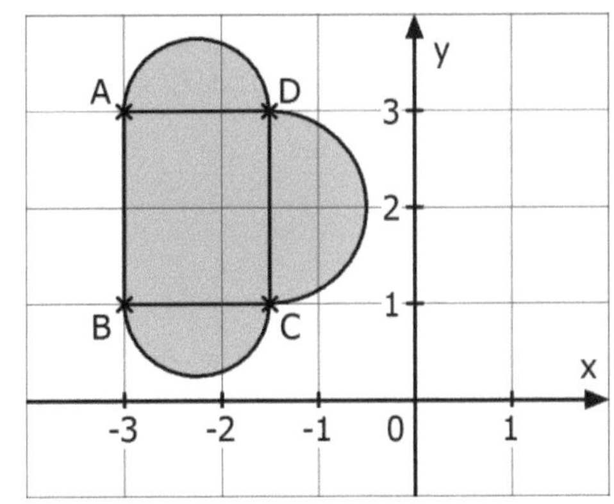

3.3 Körperberechnungen

Körper unterteilt man in zwei Gruppen. Zum einen die **Prismen** und zum anderen die **Spitzkörper**. Prismen sind Körper mit zwei identischen Grundflächen (Boden und Deckel), die durch parallele Kanten miteinander verbunden sind. Spitzkörper haben nur eine Grundfläche. Die Kanten, die von den Ecken der Grundflächen ausgehen, treffen sich alle in einem Punkt, der Spitze des Spitzkörpers.

3.3.1 Oberflächen- und Volumenformeln

Die **Oberfläche** ist die Summe aller Begrenzungsflächen. Das **Volumen** ist der Rauminhalt, der von den Begrenzungsflächen eingegrenzt wird.

Körper	Oberfläche	Volumen	Erklärungen
Prisma	$O = 2G + M$	$V = G \cdot h$	G ist die Grundfläche und h die Höhe des Prismas
Würfel	$O = 6a^2$	$V = a^3$	Alle Seiten gleich lang
Quader	$O = 2(ab + ac + bc)$	$V = a \cdot b \cdot c$	Seiten können unterschiedlich lang sein.
Zylinder	$O = 2G + M$	$V = \pi \cdot r^2 \cdot h$	$M = 2 \cdot \pi \cdot r \cdot h$
Spitzkörper		$V = \frac{1}{3} \cdot G \cdot h$	M steht für die Mantelfläche
quadratische Pyramide	$O = G + M$	$V = \frac{1}{3} \cdot a^2 \cdot h$	Es gibt noch mehr Pyramidenarten mit anderen Grundflächen
rechteckige Pyramide		$V = \frac{1}{3} \cdot a \cdot b \cdot h$	
Kegel		$V = \frac{1}{3}\pi r^2 h$	$M = \pi \cdot r \cdot s$ s ist die Seitenlinie des Kegels
Kugel	$O = 4\pi r^2$	$V = \frac{4}{3}\pi r^3$	

3.3.2 Oberflächen- und Volumenberechnungen

Das Prinzip bei der Volumenberechnung ist dasselbe wie bei den Flächenberechnungen im 2-dimensionalen Raum.

Für die Oberflächenberechnungen macht man sich am besten eine Skizze und berechnet alle Begrenzungsflächen mit den Flächenformeln und addiert sie am Schluss.

Übungsaufgaben: Oberflächen- und Volumenberechnungen (Lsg S. 116)

Aufgabe 1:

Eine Konservendose hat einen Durchmesser von 10 cm und eine Höhe von 20 cm. Berechne, wie viele ml Wasser hinein passen (Tipp: 1 cm³ = 1 ml).

Aufgabe 2:

Eine Litfaßsäule ist 3 Meter hoch und hat einen Durchmesser von 1 Meter. Bestimme, wie viel Platz für Plakate auf dieser Säule ist.

Aufgabe 3: Ein Fußball hat in etwa einen Durchmesser von 22 cm.

a) Berechne, wie viel Luft in den Ball passt.

b) Bestimme, wie lang ein Seil wäre, wenn man dieses einmal um den Ball legen würde.

c) Berechne, wie groß der Abstand zwischen dem Seil und dem Ball wäre, wenn du das Seil aus **b)** um 1 Meter verlängerst und wieder gleichmäßig um den Ball legst.

d) Berechne, wie viel Leder für einen echten Lederfußball verwendet werden muss.

Aufgabe 4:

Stell dir vor, du würdest ein Seil um den Äquator spannen. Der Erdradius beträgt ca. 6370 km.

a) Bestimme, wie lang das Seil sein müsste (rechne bitte ausnahmsweise auf so viele Nachkommastellen wie möglich).

b) Verlängere das Seil aus Teil a) um genau 1 Meter. Entscheide begründet, ob eine Maus, eine Katze oder gar ein Mensch zwischen dem Seil und der Erde durchpassen würde, wenn du dieses Seil wieder um die Erde legen würdest.

4 Sätze in der Geometrie

4.1 Flächensätze

4.1.1 Satz des Pythagoras

Der Satz des Pythagoras ist der am meisten genutzte Flächensatz. Die eigentliche Aussage über die Flächen wird zwar genutzt, ist aber meist gar nicht der Grund der Anwendung. In der Regel möchte man damit eigentlich eher Seitenlängen bestimmen.

<u>Der Satz des Pythagoras:</u>

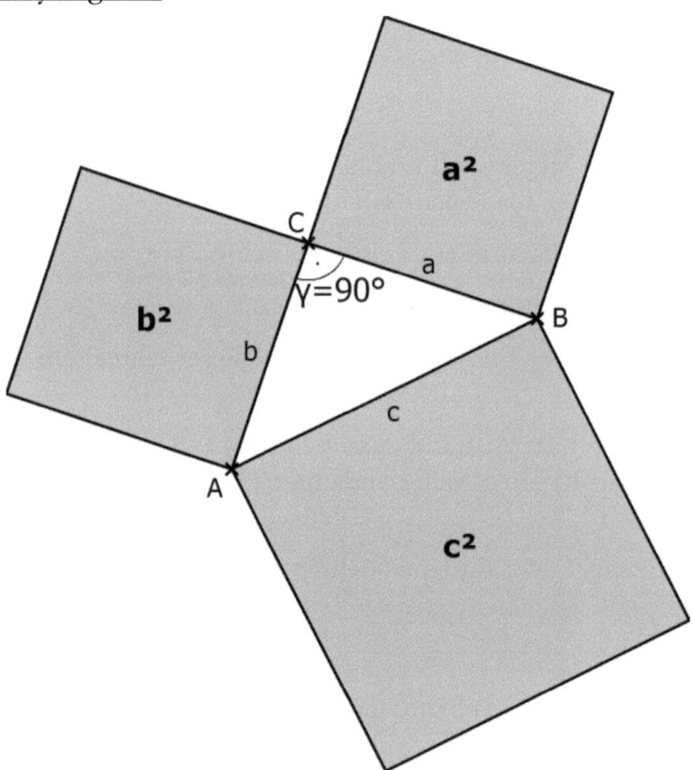

In einem rechtwinkligen Dreieck ABC mit $\gamma = 90°$ gilt immer:

$$a^2 + b^2 = c^2 \qquad (\text{Kathete}^2 + \text{Kathete}^2 = \text{Hypotenuse}^2)$$

Das bedeutet, dass die beiden Quadratflächen über den Katheten zusammen genauso groß sind, wie das über der Hypotenuse.

72

<u>Beispiel:</u>

In einem rechtwinkligen Dreieck ABC mit $\gamma = 90°$ gilt a = 3 cm und b = 4cm.
Wie groß ist c?

$$a^2 + b^2 = c^2$$

$$3^2 + 4^2 = c^2$$

$$9 + 16 = c^2$$

$$25 = c^2 \ |\sqrt{}$$

$$\underline{c = 5\ [cm]}$$

Ist nicht c gesucht, muss die Formel noch umgestellt werden.

In einem rechtwinkligen Dreieck ABC mit $\gamma = 90°$ sind a = 6 cm und
c = 10 cm. Wie groß ist b?

$$a^2 + b^2 = c^2$$

$$6^2 + b^2 = 10^2$$

$$36 + b^2 = 100 \ |-36$$

$$b^2 = 64 \ |\sqrt{}$$

$$\underline{b = 8\ [cm]}$$

Zum Schluss noch ein weiteres Beispiel:

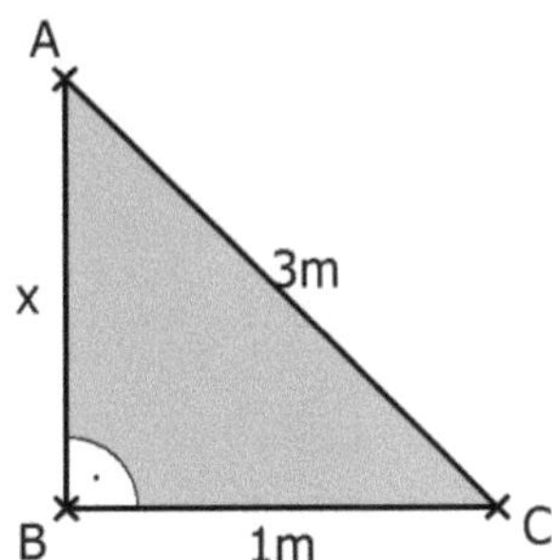

Eine 3 Meter lange Leiter wird in 1 Meter Abstand
an eine Wand gestellt. Wie hoch reicht sie?

$$x^2 + 1^2 = 3^2$$

$$x^2 + 1 = 9 \ |-1$$

$$x^2 = 8 \ |\sqrt{}$$

$$x \approx 2,8\ [m]$$

Die Leiter reicht also ca. 2,8 Meter nach oben.

Hieran sieht man auch wieder, dass es sehr sinnvoll ist, sich zu solchen
Aufgaben eine Skizze zu machen.

4.1.2 Höhensatz

Eigentlich kann man mit dem Satz des Pythagoras alles berechnen. Teilweise hilft der Höhensatz aber, schneller zum Ziel zu kommen.

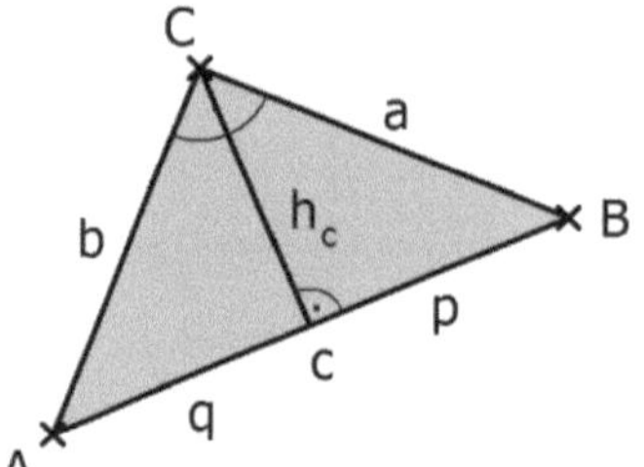

In einem rechtwinkligen Dreieck ABC mit $\gamma = 90°$ gilt immer: $h^2 = p \cdot q$

p und q sind die sogenannten **Hypotenusenabschnitte**.

4.1.3 Kathetensatz

Was für den Höhensatz gilt, gilt auch für den Kathetensatz. Auch hier kann man eigentlich alles über den Pythagoras berechnen. Allerdings ist der Weg über den Kathetensatz teilweise schneller.

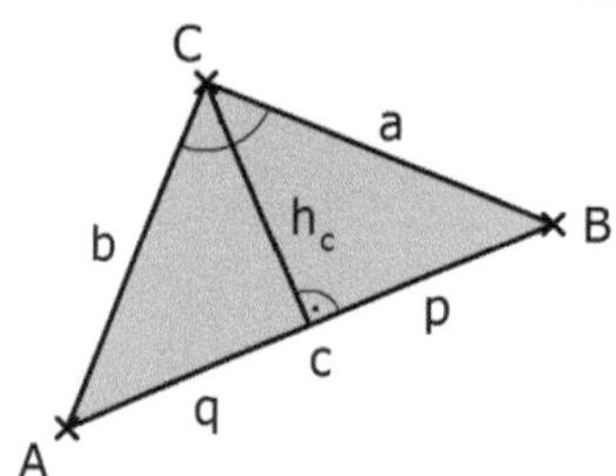

In einem rechtwinkligen Dreieck ABC mit $\gamma = 90°$ gilt immer:

$$a^2 = c \cdot q \ \text{ und } \ b^2 = c \cdot p$$

(Kathete² = Hypotenuse mal

zugehörigem Hypotenusenabschnitt)

<u>Übungsaufgaben: Flächensätze (Lösung S. 116)</u>

<u>Aufgabe 1:</u>

Kai lässt einen Drachen steigen. Die Schnur ist 20 Meter lang. Der Drache steht senkrecht über seinem Freund Hans, der 5 Meter entfernt steht. Berechne wie hoch der Drache in der Luft steht.

<u>Aufgabe 2:</u>

Frank schaut auf ein angeblich rechteckiges Grundstück. Da er leider keine Möglichkeit hat, den Winkel zu messen, kommt er auf die Idee, den Satz des Pythagoras anzuwenden. Er weiß, dass das Grundstück 10 m breit und 20 m lang ist. Die Diagonale hat er mit 25 m gemessen. Entscheide begründet, ob das Grundstück rechtwinklig sein kann.

<u>Aufgabe 3:</u>

Berechne, wie lang die Diagonale eines Quadrates mit jeweils 100 Meter Seitenlänge sind.

<u>Aufgabe 4:</u>

In einem rechtwinkligen Dreieck ABC mit $\gamma = 90°$ ist die Hypotenuse c 9 cm lang. Die Höhe teilt die Hypotenuse in zwei Abschnitte, wobei q 6 cm lang ist.

Bestimme p, h, a und b!

<u>Aufgabe 5:</u>

Zwei Tischlergesellen sollen eine Raum-Ecke auf Rechtwinkligkeit überprüfen. Sie haben jedoch ihren Messwinkel vergessen. Da hat der eine Geselle eine Idee: "Ich messe von der Ecke aus einfach 30 cm an der einen und 40 cm an der anderen Wand ab und markiere diese Punkte. Dann messe ich die Strecke zwischen den beiden Markierungspunkten." "Und woher willst du dann wissen, ob ein rechter Winkel vorliegt?" fragt der andere.
Beantworte seine Frage begründet.

4.2 Strahlensätze

Die Strahlensätze wirken anfangs immer ein wenig kompliziert und
unverständlich. Wenn man sie sich aber ein wenig genauer anschaut und das
Prinzip verstanden hat, sind sie gar nicht so schwer und haben vor allem eine
ganz wichtige Anwendung. Man kann mit ihnen z.B. die Größe bzw. Höhe von
Bäumen, Türmen, Kirchen, Masten usw. bestimmen. Bevor ich dies an einem
Beispiel beschreibe, erst einmal die Strahlensätze:

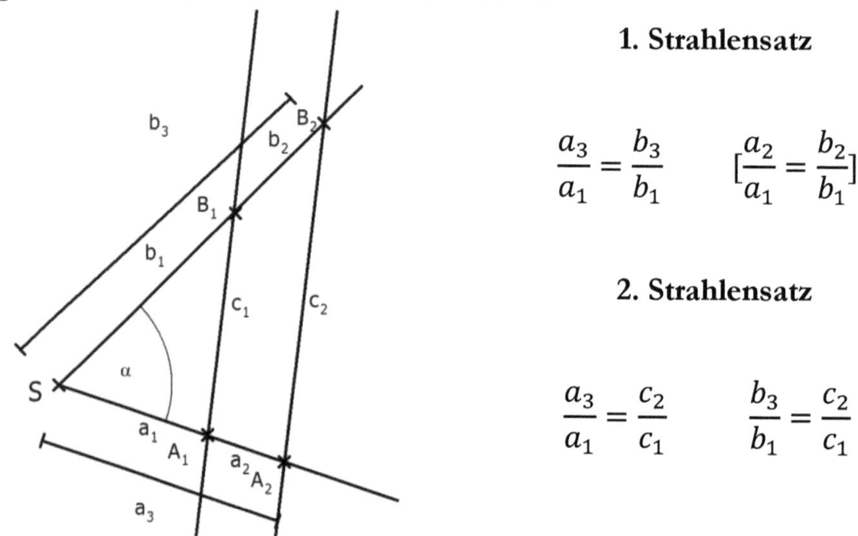

1. Strahlensatz

$$\frac{a_3}{a_1} = \frac{b_3}{b_1} \qquad [\frac{a_2}{a_1} = \frac{b_2}{b_1}]$$

2. Strahlensatz

$$\frac{a_3}{a_1} = \frac{c_2}{c_1} \qquad \frac{b_3}{b_1} = \frac{c_2}{c_1}$$

Beim ersten Strahlensatz habe ich die zweite Formel eingeklammert. Dies hat
den Grund, dass ich immer empfehle, ohne diese Formel auszukommen, um
gar nicht mit a_2 und b_2 im Strahlensatz rechnen zu müssen. Einer der häufigsten
Fehler ist es nämlich, diese mit den beiden Parallelen c_1 und c_2 ins Verhältnis zu
setzen, was leider nicht richtig ist. Eine Eselsbrücke zum Merken der
Strahlensätze ist folgende:

$$\frac{\text{lange Seite}}{\text{kurze Seite}} = \frac{\text{lange Seite}}{\text{kurze Seite}} \quad oder \quad \frac{\text{lange Seite}}{\text{lange Seite}} = \frac{\text{kurze Seite}}{\text{kurze Seite}}$$

Dies ist natürlich nur als Eselsbrücke zu verstehen und sollte so nicht
aufgeschrieben werden.

Wichtig bei den Strahlensätze ist immer, dass die beiden Seiten c_1 und c_2 parallel
zueinander sind.

<u>Beispiel:</u>

Ein Turm ist in 20 Meter Entfernung zu sehen. Karl möchte wissen, wie hoch dieser Turm ist. Er nimmt einen Stock und hält ihn so senkrecht vor sich, dass Stockspitze und Turmspitze in einer Flucht, also auf einer Linie liegen. Der 50 cm lange Stock ist in dieser Position 30 cm von seinem Auge entfernt. Wie hoch ist der Turm, wenn Karls Augenhöhe 1,5 m ist?

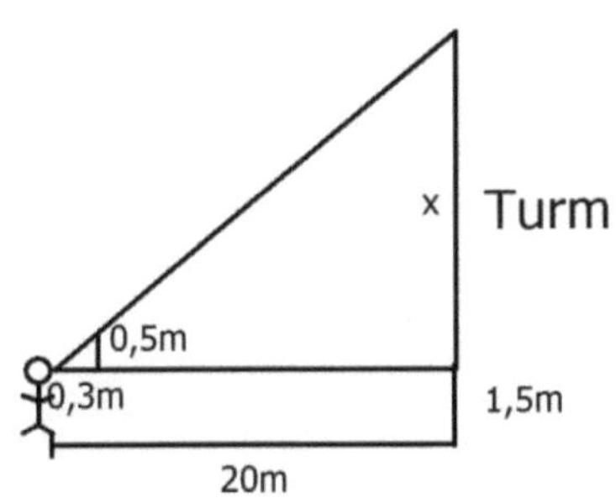

Es gilt also:

$$\frac{x}{0{,}5} = \frac{20}{0{,}3} \quad | \cdot 0{,}5$$

$$x = \frac{20 \cdot 0{,}5}{0{,}3}$$

$$x \approx 33{,}3 \ [m]$$

Der Turm ist also: 33,3 m + 1,5 m = 34,8 m hoch.

Im Straßenverkehr sind oft Schilder zu sehen, die eine Steigung anzeigen.

Hier z.B. das Schild für eine Steigung von 10%. Dies bedeutet, dass die Straße auf 100 m 10 m nach oben ansteigt.

<u>Beispiel:</u>
Wie viele Meter steigt die Straße an, wenn sie 5 km in den Berg führt?

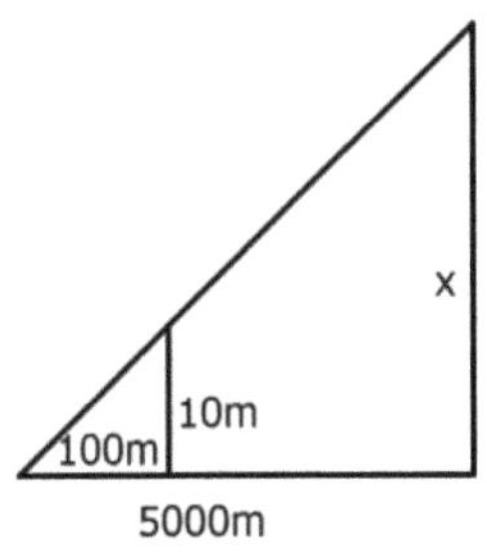

$$\frac{x}{5000} = \frac{10}{100} \quad | \cdot 5000$$

$$x = \frac{10 \cdot 5000}{100}$$

$$\underline{x = 500 \ [m]}$$

Die Straße steigt also 500 Meter an.

Übungsaufgaben: Strahlensätze (Lösung S. 117)

Aufgabe 1:

Klaudia und Carlo sehen in ca. 100 Meter Entfernung ein großes Windrad. Sie haben einen 70 cm langen Stab, den sie 50 cm vor ihr Auge halten können, um die Spitzen in einer Flucht zu sehen. Berechne wie groß das Windrad ist, wenn beide ca. 1,80 Meter groß sind.

Aufgabe 2:

Eine Straße geht 2.050 Meter in einen Berg hinein und hat dabei laut Straßenschild eine Steigung von 15 %. Berechne wie viele Höhenmeter man überwindet, wenn man diese Straße entlang geht.

Aufgabe 3:

Ein großer Baum wirft einen 12 Meter langen Schatten. Frank stellt sich so hin, dass seine Schattenspitze mit der des Baums übereinstimmt. Dieser Schatten ist 1 Meter lang und Frank ist 1,95 Meter groß. Bestimme wie hoch der Baum ist.

Aufgabe 4:

Melanie steht 2 Meter von einer Straße entfernt und sieht auf gerader Linie einen Laternenmast auf der anderen Seite der Straße. Nun geht sie 10 Meter parallel zur Straße nach rechts und schaut wieder zum Laternenmast. Sie geht auf gerader Linie in Richtung des Mastes bis sie genau an der Straße ist. Nun geht sie wieder 3 Meter parallel zur Straße, bis sie wieder gerade auf den Laternenmast schauen kann. Berechne, wie breit die Straße ist.

Aufgabe 5:

Klaus steht vor einem breiten Kanal. Er erinnert sich an die Methode von Melanie (Aufgabe 4) und misst diese Strecken ebenfalls. Er befindet sich 3 Meter vom Kanal entfernt, geht 20 Meter zur Seite und 2 Meter parallel zum Kanal. Bestimme, wie breit der Kanal ist.

5 Trigonometrie

5.1 Sinus / Kosinus / Tangens

Nicht immer hilft einem der Satz des Pythagoras, um in einem rechtwinkligen Dreieck an alle Werte zu kommen. Ist z.B. eine Seite und ein weiterer Winkel (neben dem rechten Winkel) gegeben, ist das Dreieck zwar oft eindeutig bestimmt und man kann es zeichnen und konstruieren. Den Satz des Pythagoras kann man allerdings nicht anwenden, um an die fehlenden Seiten zu kommen. Andersherum kann man mit dem Pythagoras keine Winkel im Dreieck bestimmen.

Bei diesem Problem können die trigonometrischen Funktionen **Sinus**, **Kosinus** und **Tangens** weiterhelfen. Diese Zusammenhänge gelten ebenfalls nur in rechtwinkligen Dreiecken und lauten wie folgt:

$$\sin(\alpha) = \frac{Gegenkathete}{Hyponetuse}$$

$$\cos(\alpha) = \frac{Ankathete}{Hyponetuse}$$

$$\tan(\alpha) = \frac{Gegenkathete}{Ankathete}$$

Die **Hypotenuse** ist die Seite gegenüber vom rechten Winkel. Die beiden Katheten sind die beiden Seiten, die direkt am rechten Winkel anliegen. α ist ein beliebiger der anderen beiden Winkel. Die Begriffe **Gegenkathete** und **Ankathete** beziehen sich auf diesen Winkel. Die Gegenkathete ist die Kathete, die gegenüber dem Winkel α liegt. Die Ankathete ist dementsprechend die Kathete die direkt am Winkel α anliegt. Für das Standarddreieck mit $\gamma = 90°$ gilt also:

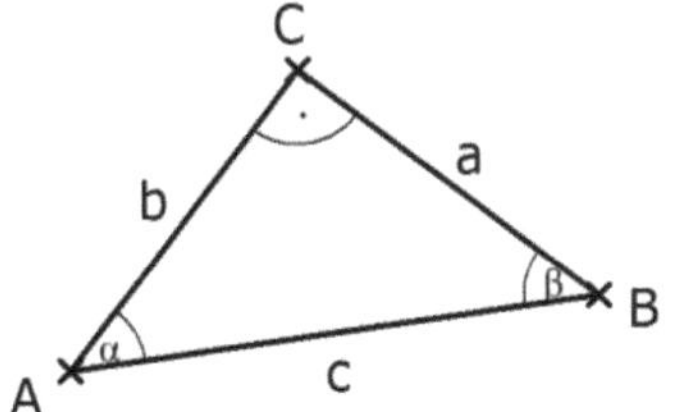

$$\sin(\alpha) = \frac{a}{c} \quad \sin(\beta) = \frac{b}{c}$$

$$\cos(\alpha) = \frac{b}{c} \quad \cos(\beta) = \frac{a}{c}$$

$$\tan(\alpha) = \frac{a}{b} \quad \tan(\beta) = \frac{b}{a}$$

Grundsätzlich kann man all diese Beziehungen z.B. über den Einheitskreis herleiten und auch die Funktionen dazu zeichnen. Da dies aber in der Abschlussprüfung keine Rolle spielt, verzichte ich darauf und konzentriere mich auf die für die Abschlussprüfung relevanten Bereiche der Trigonometrie.

<u>Beispiel:</u>

Nehmen wir das Steigungsbeispiel von den Strahlensätzen. 10 % entsprechen welchem Steigungswinkel?

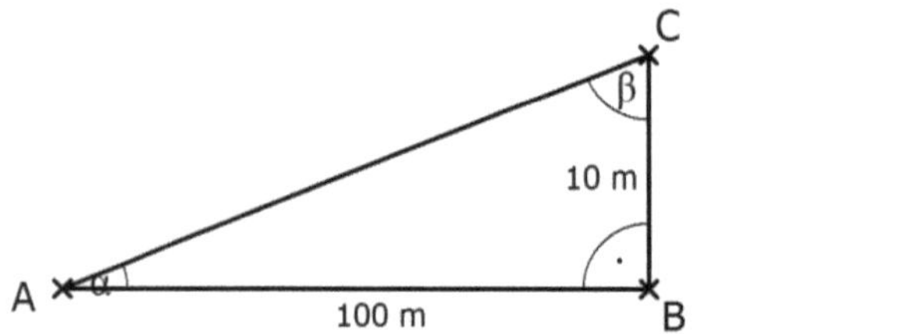

$$\tan(\alpha) = \frac{10m}{100m}$$

$$\tan(\alpha) = \frac{1}{10}$$

$$\underline{\alpha \approx 5{,}7°}$$

Wenn man tan(α) kennt und möchte an α kommen, so muss man im Taschenrechner die Taste tan^{-1} benutzen. Diese ist meist zu bedienen, wenn man zuerst auf „Shift" bzw. „2nd" drückt und dann auf „tan".

Wie viele Höhenmeter überwindet eine 5 km lange Straße bei einer Steigung von 10 %?

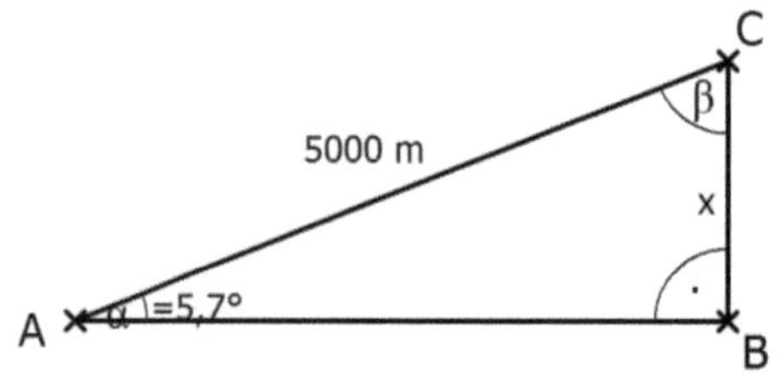

$$\sin(5{,}7°) = \frac{x}{5000} \quad | \cdot 5000$$

$$5000 \cdot \sin(5{,}7°) = x$$

$$\underline{x \approx 496{,}6 \, [m]}$$

Kais Drache steigt unter einem Winkel von 15° in die Luft und hängt an einer 20 Meter langen Schnur. Der Arm von Kai ist in einer Höhe von 2 Metern. Wie hoch steigt der Drache?

$$\sin(15°) = \frac{x}{20} \quad | \cdot 20$$

$$\sin(15°) \cdot 20 = x$$

$$\underline{x \approx 5{,}2 \, [m]}$$

Der Drache steigt also
5,2 m + 2 m = 7,2 m hoch.

80

5.2 Sinussatz / Kosinussatz

In einem <u>nicht</u> rechtwinkligen Dreieck helfen weder Sinus/Kosinus/Tangens noch der Satz des Pythagoras direkt weiter. Hier gelten aber der **Sinussatz** und der **Kosinussatz**. Im allgemeinen Grunddreieck gilt:

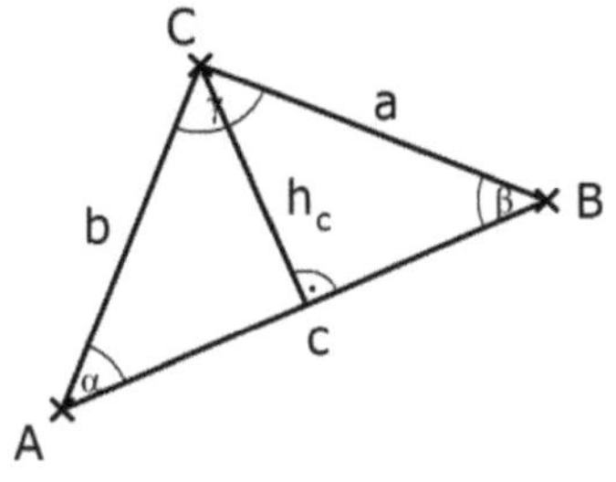

Sinussatz

$$\frac{\sin(\alpha)}{\sin(\beta)} = \frac{a}{b} \qquad \frac{\sin(\alpha)}{\sin(\gamma)} = \frac{a}{c} \qquad \frac{\sin(\beta)}{\sin(\gamma)} = \frac{b}{c}$$

Es gehören also immer der Sinus eines Winkels mit der gegenüberliegenden Seite zusammen. Beide werden jeweils mit einem weiteren Paar ins Verhältnis gesetzt.

Kosinussatz
$$a^2 = b^2 + c^2 - 2 \cdot b \cdot c \cdot \cos(\alpha)$$
$$b^2 = a^2 + c^2 - 2 \cdot a \cdot c \cdot \cos(\beta)$$
$$c^2 = a^2 + b^2 - 2 \cdot a \cdot b \cdot \cos(\gamma)$$

Mit dem Sinus- und Kosinussatz verhält es sich ähnlich wie mit dem Höhen- und Kathetensatz. In der Regel ist auch alles mit Sinus/Kosinus/Tangens lösbar, indem man die Dreiecke z.B. mit der Höhe in rechtwinklige Dreiecke unterteilt.

<u>Übungsaufgaben: Trigonometrie (Lösung S. 117)</u>

<u>Aufgabe 1:</u>

Ein Fußballverein möchte eine neue Tribüne bauen. Diese sollte eine Steigung von 50 % haben. Berechne wie groß der Steigungswinkel sein sollte.

<u>Aufgabe 2:</u>

Bei der Tour de France fahren die Radprofis oft auf den Berg L`Alpe d`Huez. Die höchste Steigung wird mit 14,8 % angegeben. Der Anstieg ist insgesamt 13,8 km lang. Die durchschnittliche Steigung beträgt 7,9 %.

a) Berechne, wie viele Höhenmeter die Profis zurücklegen.

b) Berechne, wie groß der höchste Steigungswinkel ist.

c) Bestimme, wie viele Höhenmeter es wären, wenn die max. Steigung auf 13,8 km gelten würde.

6 Daten und Diagramme / Statistik

6.1 Grundbegriffe der Statistik

Es gibt einige Grundbegriffe zur Statistik, die man kennen muss, um statistisch arbeiten zu können.

Begriff	Abkürzung	Erklärung
Stichprobenumfang	n	z.B. Anzahl der befragten Personen
Absolute Häufigkeit	nicht festgelegt	Anzahl der „positiven Treffer". Also z.B. wie viele Schüler eine 1 geschrieben haben.
Relative Häufigkeit	nicht festgelegt	$\dfrac{absolute\ H\"aufigkeit}{Stichprobenumfang}$
Werte	x_i	i steht für eine beliebige Zahl zwischen 1 und n. Also ist z.B. x_5 der fünfte Wert.
Arithmetisches Mittel (Mittelwert)	$\bar{x}$	$\bar{x} = \dfrac{Summe\ aller\ Werte}{Stichprobenumfang}$ $\qquad \bar{x} = \dfrac{x_1 + x_2 + \cdots + x_n}{n}$
Modalwert	m	Wert, der am häufigsten vorkommt
Median (Zentralwert)	Z	Wenn die Ergebnisse der Erhebung der Reihe nach angeordnet sind, ist Z der Wert, der in der Mitte steht.
Maximum	x_{max}	Maximaler Wert
Minimum	x_{min}	Minimaler Wert
Spannweite	s	$s = x_{max} - x_{min}$

Statistische Erhebungen sind bei vielen Sportveranstaltungen, bei Wahlen und zahlreichen anderen Sachzusammenhängen sehr wichtig.

<u>Beispiel:</u>

Die Polizei führt eine Geschwindigkeitskontrolle vor einer Schule durch. Erlaubt sind dabei 30 km/h. Es wurden dabei folgende Werte gemessen:

40 km/h; 25 km/h; 29 km/h; 31 km/h, 28 km/h; 30 km/h; 49 km/h; 30 km/h und 27 km/h

Der Stichprobenumfang ist also n = 9, da es insgesamt 9 Werte gibt. Die Werte sind oben angegeben, um nachher den Zentralwert bestimmen zu können, und um es auch ein wenig einfacher zu machen, sortieren wir die Werte einmal nach der Größe:

$$x_1 = 25\,;\, x_2 = 27\,;\, x_3 = 28\,;\, x_4 = 29\,;\, x_5 = 30\,;\, x_6 = 30\,;\, x_7 = 31\,;\, x_8 = 40\,;\, x_9 = 49$$

Damit können wir das arithmetische Mittel bestimmen:

$$\bar{x} = \frac{x_1 + x_2 + x_3 + x_4 + x_5 + x_6 + x_7 + x_8 + x_9}{n}$$

$$\bar{x} = \frac{25 + 27 + 28 + 29 + 30 + 30 + 31 + 40 + 49}{9}$$

$$\bar{x} = \frac{289}{9}$$

$$\bar{x} \approx 32{,}1$$

Der Modalwert ist m = 30, da dieser Wert zweimal vorkommt. Der Median ist in diesem Fall der 5. Wert (der mittlere Wert von 9 Werten), also Z = 30.

(Sollte noch ein zehnter Wert dabei sein, z.B. $x_{10} = 60$, so wäre die Mitte genau zwischen dem 5. und 6. Wert und man würde den Mittelwert zwischen diesen 2 Werten bilden, also $Z = \frac{x_5 + x_6}{2} = \frac{30+30}{2} = \frac{60}{2} = 30$. Hier wäre es zufällig der gleiche Median.)

Weiter gilt $x_{max} = 49$ und $x_{min} = 25$, also ist die Spannweite $s = x_{max} - x_{min} = 49 - 25 = 24$.

<u>Übungsaufgabe: Grundbegriffe der Statistik (Lösung S. 117)</u>

Bestimme alle Grundbegriffe für folgende Sprungweiten:

6,95 m; 4,99 m; 6,68 m; 6,05 m; 7,05 m; 5,45 m; 6,87 m; 5,88 m; 6,67 m; 6,05 m

6.2 Diagramme erstellen

6.2.1 Boxplots

Die Boxplots werden in der Statistik immer wichtiger. Sie sind eine Möglichkeit, alle wichtigen Informationen übersichtlich darzustellen. Im ersten Moment wirken sie sehr kompliziert. Aber auch hier ist es so, dass man mit ihnen sehr viel anfangen kann, wenn man sie einmal verstanden hat.

Ein Boxplot sieht im Allgemeinen immer so aus:

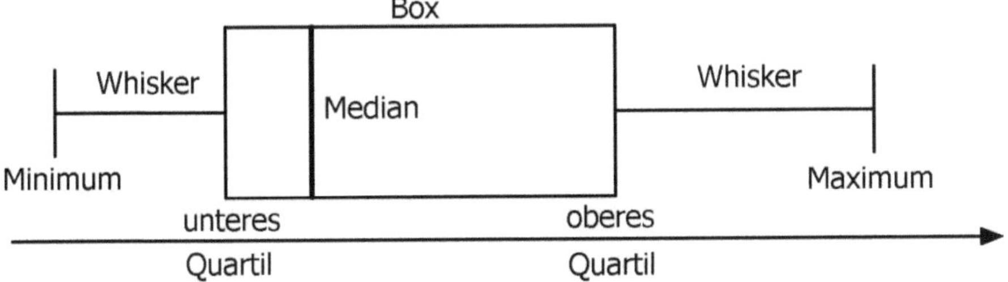

Dabei kommen zwei weitere Begriffe ins Spiel. Einmal das untere und einmal das obere Quartil. Das sind sozusagen der Viertelwert und der Dreiviertelwert. Man teilt die geordnete Datenmenge in der Mitte in zwei Teile. Der Median (oder Zentralwert) der linken Seite (der unteren Werte) ist dann das **untere Quartil** und der Median der rechten Menge (der oberen Werte) ist dann das **obere Quartil**.

<u>Beispiel von oben:</u>

Die Polizei führt eine Geschwindigkeitskontrolle vor einer Schule durch. Erlaubt sind dabei 30 km/h. Es wurden dabei folgende Werte gemessen:

40 km/h; 25 km/h; 29 km/h; 31 km/h, 28 km/h; 30 km/h; 49 km/h; 30 km/h und 27 km/h

Geordnet sah das so aus:

$$x_1 = 25\,;\, x_2 = 27\,;\, x_3 = 28\,;\, x_4 = 29\,;\, x_5 = 30\,;\, x_6 = 30\,;\, x_7 = 31\,;\, x_8 = 40\,;\, x_9 = 49$$

Diese Menge kann man in der Mitte teilen:

$$\overbrace{x_1 = 25;\ \underbrace{x_2 = 27;\ x_3 = 28}_{unteres\ Quartil=27,5};\ x_4 = 29;}^{unterer\ Teil}\ \underbrace{x_5 = 30}_{Median};\ \overbrace{x_6 = 30;\ \underbrace{x_7 = 31;\ x_8 = 40}_{oberes\ Quartil=35,5};\ x_9 = 49}^{oberer\ Teil}$$

Dazu sähe das Boxplot dann wie folgt aus:

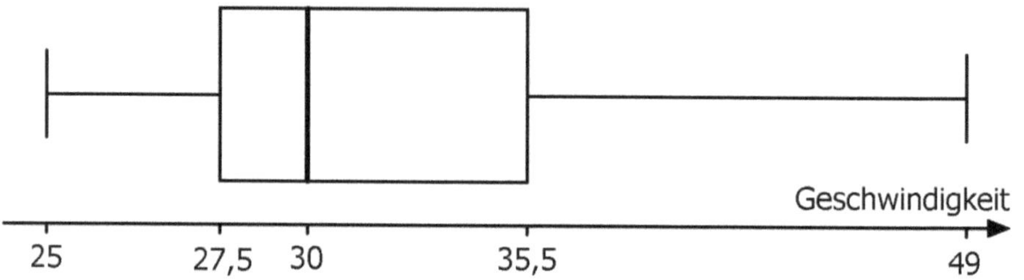

Ist es eine gerade Anzahl an Werten, sieht es folgendermaßen aus:

$$\overbrace{x_1 = 25;\ x_2 = 27;\ \underbrace{x_3 = 28}_{unt.Quartil=28}\ ;\ x_4 = 29;\ x_5 = 30}^{unterer\ Teil}\ \underbrace{;}_{z=30}\ \overbrace{x_6 = 30;\ x_7 = 31;\ \underbrace{x_8 = 40}_{ober.Quartil=40}\ ;\ x_9 = 49;\ x_{10} = 60}^{oberer\ Teil}$$

<u>Übungsaufgabe: Boxplots (Lösung S. 117)</u>

Zeichne zu den folgenden Sprungweiten ein Boxplot:

6,95 m; 4,99 m; 6,68 m; 6,05 m; 7,05 m; 5,45 m; 6,87 m; 5,88 m; 6,67 m; 6,05 m

6.2.2 Andere Diagrammarten

Es gibt noch einige andere Darstellungsarten, die ich an folgendem Notenspiegel exemplarisch darstellen möchte:

Note	1	2	3	4	5	6
Anzahl	2	5	9	8	5	1

6.2.2.1 **Säulendiagramm**

Hier das Säulendiagramm zum Notenspiegel:

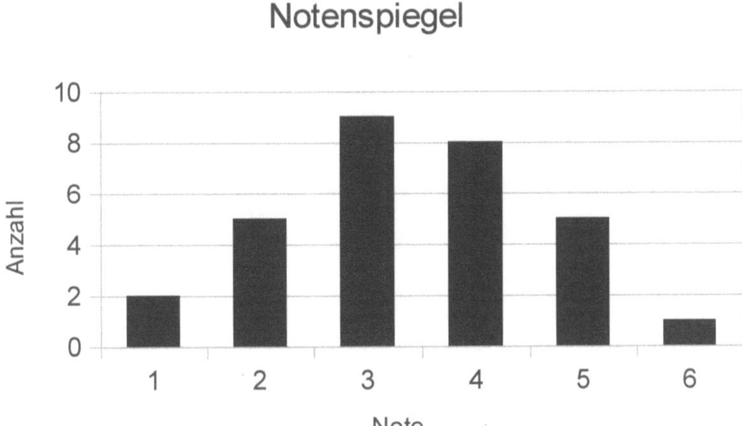

6.2.2.2 *Balkendiagramm*

Hier das Balkendiagramm zum Notenspiegel:

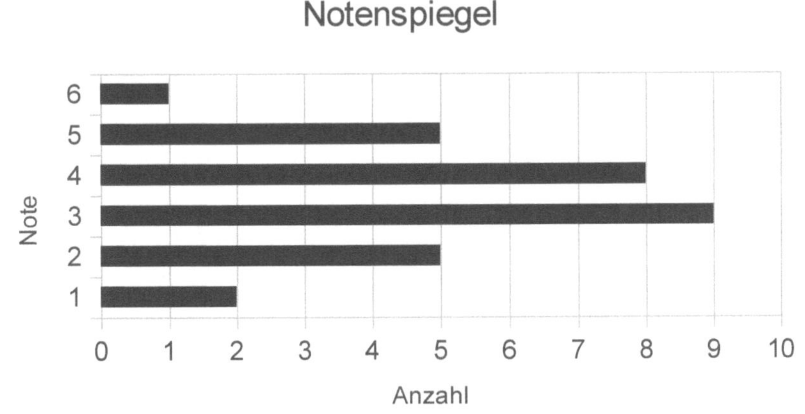

Hier das Kreisdiagramm zum Notenspiegel:

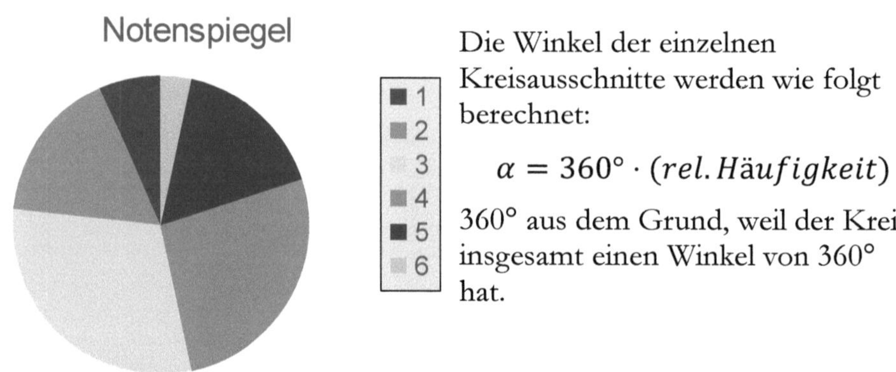

Die Winkel der einzelnen Kreisausschnitte werden wie folgt berechnet:

$$\alpha = 360° \cdot (rel.\,Häufigkeit)$$

360° aus dem Grund, weil der Kreis insgesamt einen Winkel von 360° hat.

Übungsaufgaben: Diagramme erstellen (Lösung S. 118)

Aufgabe 1:

a) Zeichne alle 3 Diagrammarten für folgenden Notenspiegel:

Note	1	2	3	4	5	6
Anzahl	5	10	3	6	3	3

b) Bestimme den Notendurchschnitt.
c) Bestimme Median, Modalwert und die Spannweite.

Aufgabe 2:

Bei einer Klassensprecherwahl bekamen Klaus 10 Stimmen, Claudia 12 Stimmen, Kai 4 Stimmen, Björn 2 Stimmen, Melanie und Heike jeweils eine Stimme.
a) Stelle ein Diagramm deiner Wahl graphisch dar.
b) Nenne den Klassensprecher.
c) Berechne, wie viel Prozent der Stimmen der Klassensprecher erhalten hat.
d) Bestimme, wie viel Prozent der verbliebenen Stimmen Klaus erhalten hat.

7 Wahrscheinlichkeitsrechnung

7.1 Grundbegriffe

Auch in der Wahrscheinlichkeitsrechnung bzw. Stochastik gibt es einige Grundbegriffe, die man kennen muss, um an diesem Thema arbeiten zu können.

Begriff	Abkürzung	Erklärung
Zufallsversuch/ Zufallsexperiment		Ein Experiment mit verschieden Möglichkeiten, wie es ausgehen kann. Der Ausgang wird nicht vom Menschen beeinflusst und ist zufällig.
Ereignis		Ein möglicher Ausgang des Experimentes
Wahrscheinlichkeit	p	$$p = \frac{\text{Anzahl positiver Ereignisse}}{\text{Anzahl aller Ereignisse}}$$
Gegen-wahrscheinlichkeit	$1 - p$	Wahrscheinlichkeit, dass ein Ereignis nicht eintritt.
Laplace-Versuch		Ein Laplace-Versuch ist ein Zufallsversuch, bei dem jedes Ereignis gleich wahrscheinlich ist.
Urne		Ein Behälter, aus dem z.B. die Kugeln gezogen werden.

7.2 Einstufige Zufallsexperimente

Zufallsversuche werden in zwei Gruppen eingeteilt. Die eine davon sind die einstufigen Zufallsversuche (im nächsten Abschnitt geht es dann um die zweite Gruppe der mehrstufigen Zufallsversuche).

Ein **einstufiger Zufallsversuch** ist ein Versuch, bei dem nur eine „Aktion" erfolgt. Es wird z.B. nur eine Kugel gezogen, es wird nur einmal gewürfelt usw. In der Wahrscheinlichkeitsrechnung versucht man, Situationen aus dem Leben, die zufällig geschehen, zu modellieren und nachzustellen, z.B. das Ziehen von Losen oder Glückszahlen. Dabei geht es u.a. darum zu sehen, ob es sich lohnt, bei solch einem „Spiel" mitzumachen oder nicht.

Beispiel 1:

In einer Urne sind insgesamt 10 Kugeln. 3 davon sind gelb und 7 rot.

Wie groß ist die Wahrscheinlichkeit, eine gelbe Kugel zu ziehen?

Dafür muss man die Anzahl der positiven Möglichkeiten (also hier der gelben Kugeln) durch die Anzahl aller Möglichkeiten (also hier aller Kugeln) teilen: $p = \dfrac{3}{10}$. Also haben wir eine Wahrscheinlichkeit von $\dfrac{3}{10}$.

Dies muss nicht in Prozent umgerechnet werden. Wahrscheinlichkeiten liegen immer zwischen 0 (Ereignis kann nicht eintreten) und 1 (Ereignis tritt auf jeden Fall ein). Aber man kann es schon umwandeln, wenn man möchte. Hier wären es 30 %.

Beispiel 2:

In einem Skatspiel sind 32 Karten enthalten (je 8 Karten der 4 Farben Pik, Kreuz, Karo und Herz). Jede Farbe hat je eine Karte mit den Werten 7, 8, 9 und 10. Außerdem hat jede Farbe je eine Karte mit den Bildern Bauer, Dame, König und Ass.

Wie groß ist die Wahrscheinlichkeit, eine 7 zu ziehen?

$$p = \frac{4}{32} = \frac{1}{8}$$

Wie groß ist die Wahrscheinlichkeit, eine Bildkarte zu ziehen?

$$p = \frac{16}{32} = \frac{1}{2}$$

Übungsaufgaben: Einstufige Zufallsexperimente (Lösung S. 119)

Aufgabe 1: In einer Urne sind 100 Lose. 2 davon gewinnen den Hauptpreis, 13 gewinnen einen Trostpreis und der Rest sind Nieten.

a) Berechne, wie viele Nieten es gibt.

b) Berechne, wie groß die Wahrscheinlichkeit ist zu gewinnen.

c) Berechne, wie groß die Wahrscheinlichkeit auf einen Hauptpreis ist.

90

Aufgabe 2:

Aus einem Skatspiel wird eine Karte gezogen.

a) Bestimme, wie groß die Wahrscheinlichkeit ist, eine rote Karte zu ziehen.

b) Berechne, wie groß die Wahrscheinlichkeit ist, eine gerade Karte zu ziehen.

c) Berechne, wie groß die Wahrscheinlichkeit ist, ein schwarzes Bild zu ziehen.

d) Berechne, wie groß die Wahrscheinlichkeit ist, entweder ein Bild oder eine rote Karte zu ziehen.

e) Bestimme, wie groß die Wahrscheinlichkeit ist, dass die gezogene Karte rot und Pik ist.

f) Berechne, wie groß die Wahrscheinlichkeit ist, dass die Karte entweder rot oder schwarz ist.

Aufgabe 3:

Harald schießt einen Elfmeter. Iris steht im Tor. Bestimme die Wahrscheinlichkeit, dass Harald trifft.

Aufgabe 4:

Beim Üben von Freiwürfen, haben die Basketballer Jonas 96 von 112 und Gustav 112 von 150 Körben getroffen. Entscheide, wer den entscheidenden Freiwurf in einem Spiel werfen sollte, wenn der Trainer die freie Wahl hat.

7.3 Mehrstufige Zufallsexperimente

Mehrstufige Zufallsexperimente sind Experimente, bei denen nacheinander zwei oder mehr mögliche Ereignisse zufällig bestimmt werden. Ein solcher Versuch ist z.B. das Ziehen von 2 oder mehr Karten oder Kugeln hintereinander. Dabei gelten zwei sogenannte **Pfadregeln**:

Produktregel: Hintereinander bestimmte Wahrscheinlichkeiten werden multipliziert.

Summenregel: Kann man über mehrere Möglichkeiten zum gewünschten Ereignis kommen, werden die Wahrscheinlichkeiten der einzelnen Pfade addiert.

Es wundert wahrscheinlich, warum man von Pfaden spricht. Dies ist aber relativ einfach erklärt. Bei mehrstufigen Zufallsexperimenten zeichnet man sich sogenannte **Wahrscheinlichkeitsbäume**. Die einzelnen Wege in diesen Bäumen nennt man Pfade.

<u>Beispiel:</u>

Wie groß ist die Wahrscheinlichkeit, wenn ich 2 Karten ziehe, dass genau ein Bube dabei ist?

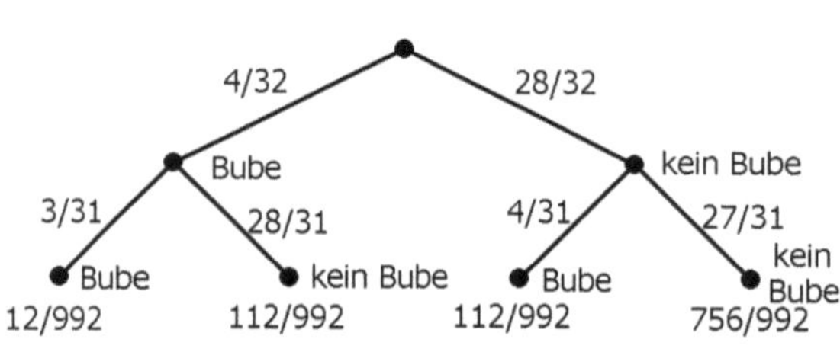

Hier sieht man solch einen Baum. An die **„Pfade"** sind die Wahrscheinlichkeiten geschrieben (wie bei den einstufigen Experimenten zu bestimmen). In der 2. Ebene sind nur noch 31 Karten im Spiel, da ja bereits eine gezogen wurde. Am Ende der Pfade, den sogenannten **„Blättern"** stehen die Wahrscheinlichkeiten für den einzelnen Pfad, die nach der Produktregel gebildet wurden, also z.B. für den linken Pfad:

$$erst\ ein\ Bube, also\ \frac{4}{32}\ und\ dann\ erneut\ ein\ Bube\ \frac{3}{31}$$

$$p = \frac{4}{32} \cdot \frac{3}{31} = \frac{12}{992}$$

Ich habe mit Absicht nicht gekürzt, um nun Ergebnisse vergleichen und die Summenregel anwenden zu können. In unserem Fall muss ich das zweite und dritte Blatt addieren (beim ersten ist zwar auch ein Bube dabei, es sind aber 2 und ich habe nach genau einem gefragt). Also ergibt sich die Gesamtwahrscheinlichkeit von: $p = \frac{112}{992} + \frac{112}{992} = \frac{224}{992} = \frac{7}{31}$

Also ziehen wir mit einer Wahrscheinlichkeit von $\frac{7}{31}$ genau einen Buben.

<u>Tipp:</u> Wenn man die Wahrscheinlichkeit aller Blätter addiert, muss man immer 1 erhalten, denn ein Ereignis muss eintreten.

<u>Aufgabe 1:</u> Aus einem Skatspiel werden 2 Karten gezogen.

a) Berechne die Wahrscheinlichkeit, mindestens einen Buben zu ziehen.

b) Berechne die Wahrscheinlichkeit, erst einen Buben zu ziehen und dann keinen.

c) Berechne die Wahrscheinlichkeit, erst keinen Buben und dann einen Buben zu ziehen.

d) Berechne die Wahrscheinlichkeit, höchstens einen Buben zu ziehen.

<u>Aufgabe 2:</u>

In einer Urne sind 10 Kugeln. Diesmal sind es 4 gelbe und 6 rote. Man zieht nacheinander 2 Kugeln, legt die gerade gezogene aber direkt wieder zurück.

a) Berechne die Wahrscheinlichkeit, 2 gelbe Kugeln zu ziehen.

b) Berechne die Wahrscheinlichkeit, 2 rote Kugeln zu ziehen.

c) Berechne die Wahrscheinlichkeit, 2 gleichfarbige Kugeln zu ziehen.

d) Berechne die Wahrscheinlichkeit, 2 unterschiedliche Farben zu ziehen.

e) Berechne die Wahrscheinlichkeit, erst eine rote und dann eine gelbe Kugel zu ziehen.

f) Berechne die Wahrscheinlichkeit, eine blaue Kugel zu ziehen.

g) Berechne die Wahrscheinlichkeit, erst eine gelbe und dann eine rote Kugel zu ziehen.

<u>Aufgabe 3:</u>

In einer Urne sind wieder 10 Kugeln. Erneut sind es 4 gelbe und 6 rote. Man zieht nacheinander 2 Kugeln, legt die gerade gezogene aber diesmal nicht direkt wieder zurück.

a) Berechne die Wahrscheinlichkeit, 2 gelbe Kugeln zu ziehen.

b) Berechne die Wahrscheinlichkeit, 2 rote Kugeln zu ziehen.

c) Berechne die Wahrscheinlichkeit, 2 gleichfarbige Kugeln zu ziehen.

d) Berechne die Wahrscheinlichkeit, 2 unterschiedliche Farben zu ziehen.

8 Aufgaben im Stile der Abschlussprüfung

Ich verzichte hier bewusst darauf, einfach nur die Originalprüfungen der letzten Jahre als Übungsaufgaben zu nehmen.

Diese Aufgaben werden in der Regel im Unterricht genauestens besprochen. Daher finde ich es sinnvoller, zusätzliches Übungsmaterial bereitzustellen und Aufgaben zu formulieren, die so oder so ähnlich in einer Prüfung vorkommen könnten.

8.1 Aufbau der Prüfung

Die Abschlussprüfung besteht aus zwei Teilen. Es gibt einen kürzeren Teil, der die Basiskompetenzen abfragt, und einen längeren Teil, der sich vor allem mit dem Stoff der Klassen 9 und 10 beschäftigt.

Insgesamt hast du 120 Minuten Zeit, die Aufgaben zu bearbeiten. Dabei läuft die Zeit erst, wenn du auch wirklich anfangen kannst zu arbeiten.

Am Anfang erhältst du den ersten Teil, für den du dann maximal 30 Minuten Zeit hast. Wenn du mit diesem Teil fertig bist, gibst du ihn ab und erhältst den zweiten Teil, für den dann die restliche Zeit, also ca. 90 Minuten Zeit sind.

Der erste Teil besteht aus einer Aufgabe (natürlich mit Unteraufgaben), der zweite aus drei Aufgaben. Für jede Aufgabe gibt es in etwa die gleiche Punktzahl (im Schnitt etwa 20 Punkte). Zusätzlich werden noch bis zu 3 Punkte für die korrekte Angabe und Anwendung der Maßeinheiten und 6 Punkte für die übersichtliche Darstellung und verständliche Lösungswege vergeben. Also kannst du bereits etwa 10 % der Punkte erreichen, wenn du immer an die Einheiten denkst und verständliche und saubere Lösungswege aufschreibst.

Während der Prüfung darfst du eine Formelsammlung benutzen, die dir zur Verfügung gestellt wird. Diese kannst du auf der Seite des Schulministeriums finden und dir dort herunterladen und ausdrucken (http://www.standardsicherung.schulministerium.nrw.de/zp10/aufgaben/).

8.2 Prüfung 1

Prüfungsteil 1: Aufgabe 1 (Lösung. S. 121)

a) Bestimme wie viele Minuten du in deinem Leben ungefähr leben wirst.

☐ 50.000   ☐ 500.000   ☐ 5.000.000   ☐ 50.000.000

b) Eine Druckerei arbeitet 5 Tage die Woche jeweils 8 Stunden. Dabei schaffen sie etwa 100 Aufträge je Woche. In der Vorweihnachtszeit könnten sie 150 Aufträge erhalten. Berechne, ob sie dies schaffen, wenn sie auch noch samstags arbeiten und die Arbeitszeit auf 10 Stunden je Tag verlängern.

c)

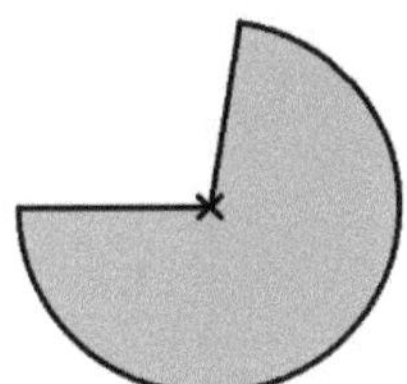

Bestimme, wie groß in etwa die links markierte Fläche ist. Gehe von einem Radius von 5 cm aus.

d) Fingernägel wachsen bis zu einem Millimeter pro Woche.

d1) Berechne, wie viele Millimeter ein Fingernagel in einem Jahr wachsen kann.

d2) Berechne, wie viele Jahre es in etwa dauert, bis ein Fingernagel einen Meter gewachsen ist.

e) Ein Fußballverein hat ein Stadion, das 50.000 Zuschauer fasst. Insgesamt hat der Verein 17 Heimspiele. Je Zuschauer kann der Verein mit einer durchschnittlichen Einnahme von 20,- € rechnen. Pro Spiel muss der Verein eine Miete von 200.000 € an die Stadt überweisen.

e1) Berechne, wie hoch die Einnahmen in einer Saison sind, wenn im Schnitt 45.000 Zuschauer kommen.

e2) Berechne, wie hoch der Gewinn bei einem ausverkauften Heimspiel ist.

e3) Berechne, wie viele Zuschauer kommen müssen, um die Miete zahlen zu können.

f) Hier siehst du ein Diagramm.

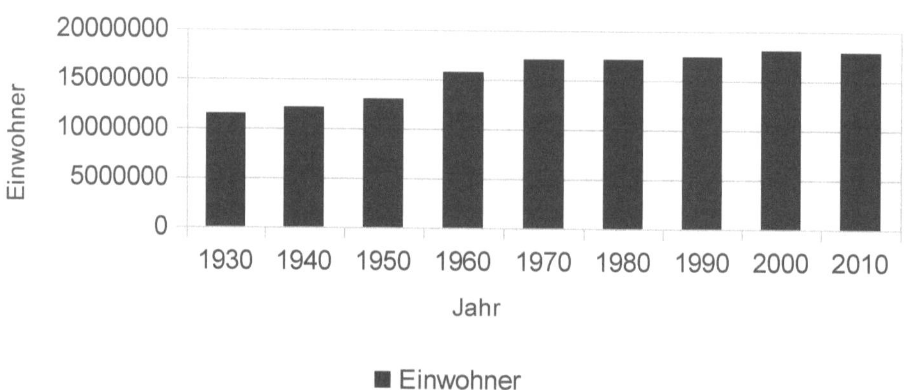

f1) Erläutere, was das Diagramm darstellt.

f2) Gib an, wann die Bevölkerungszahl am größten war und wie viele Einwohner NRW zu diesem Zeitpunkt ungefähr hatte.

f3) Kai sagt, dass die Bevölkerung ja immer weiter gestiegen ist. Nimm Stellung zu dieser Aussage.

Prüfungsteil 2: Aufgabe 2

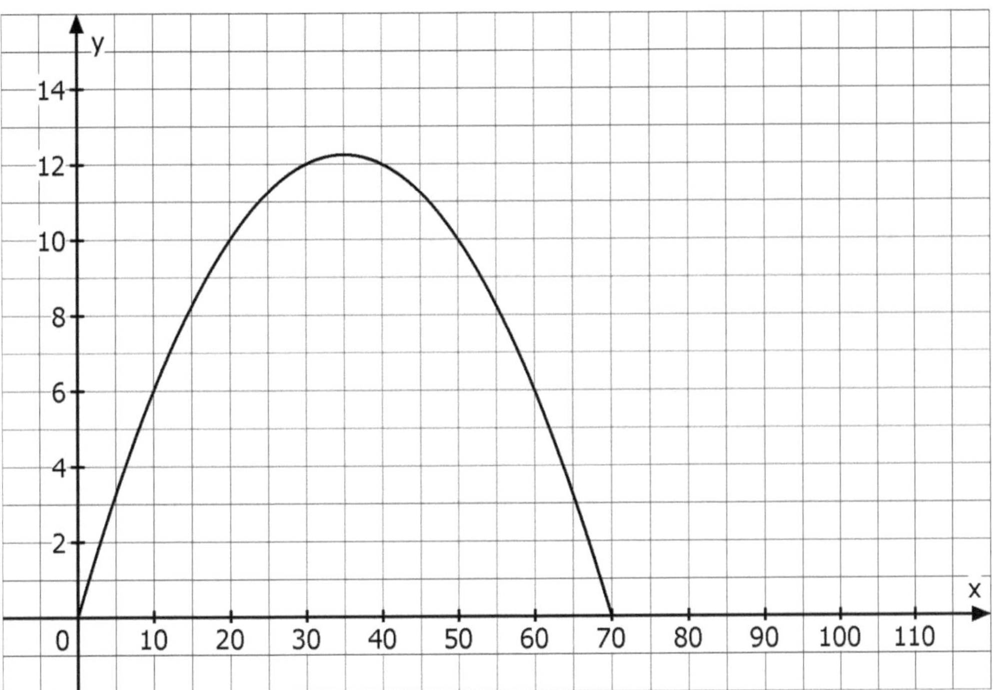

Oben siehst du die Flugbahn eines Fußballs nach einem Abstoß eines
Torwarts.

a) Gib an, wie weit der Ball fliegt.

b) Bestimme, wie hoch der Ball höchstens fliegt und nach wie vielen Metern
dieser seinen höchsten Punkt erreicht.

c) Entscheide begründet, welche der folgenden Funktionsgleichungen die
Flugbahn beschreiben könnte.
i) $f(x) = x^2 + 70$ ii) $f(x) = 12x - 70$ iii) $f(x) = -0{,}01x^2 + 0{,}7x$

d) Bei einem anderen Abschlag könnte die Funktionsgleichung
$f(x) = -0{,}005x \cdot (x - 50)$ lauten. Bestimme, wie weit der Ball hier fliegt.

e) Ein sehr guter Torwart hat es geschafft, den Ball sehr weit zu schießen,
bevor er das erste Mal wieder auf dem Boden aufkommt. Bestimme, nach wie
vielen Metern er aufkommt, wenn er nach 45 Metern seinen höchsten Punkt
erreicht hat.

Prüfungsteil 2: Aufgabe 3

Frau Meier möchte gerne 10.000 € für 5 Jahre anlegen. Dabei erhält sie drei Angebote ihrer Hausbank.

- **Angebot 1:** 5 % Zinsen pro Jahr

- **Angebot 2:** 2.800,- € Zinsen am Ende der Laufzeit

- **Angebot 3:** Im ersten Jahr 2 %, im zweiten 4 %, im dritten 5 %, im vierten 6 % und im fünften Jahr 8 %

a) Berechne, was sie bei Angebot 2 nach einem Jahr ausbezahlt bekäme.

b) Berechne, was sie bei Angebot 1 insgesamt an Zinsen bekäme.

c) Stelle den Zinsverlauf bei Angebot 3 graphisch dar.

d) Entscheide begründet, welches Angebot du annähmest.

Prüfungsteil 2: Aufgabe 4

Ein Würstchenglas hat eine Grundfläche mit einem Durchmesser von 6 cm und eine Höhe von 30 cm.

a) Ein Etikett hat eine Höhe von 10 cm. Bestimme, wie breit es sein muss, damit es genau einmal um das Glas herum passt.

b) Berechne, wie viel Papier für solch ein Etikett benötigt wird.

c) Henrik sagt, dass er das Wurstwasser abgemessen hat. Es sei insgesamt 1 Liter im Glas gewesen. Entscheide begründet, ob das sein kann.

d) 1 m² Glas kostet den Hersteller 2 €. Berechne, wie viel den Hersteller das Würstchenglas kostet.

e) Nach der Abfüllung möchte der Hersteller 20 Gläser in einen Karton packen. Dabei sollen die Gläser in 4 Reihen á 5 Gläser in den Karton gestellt werden. Bestimme, welche Maße der Karton mindestens haben muss.

8.3 Prüfung 2

Prüfungsteil 1: Aufgabe 1 (Lösung. S. 123)

a)

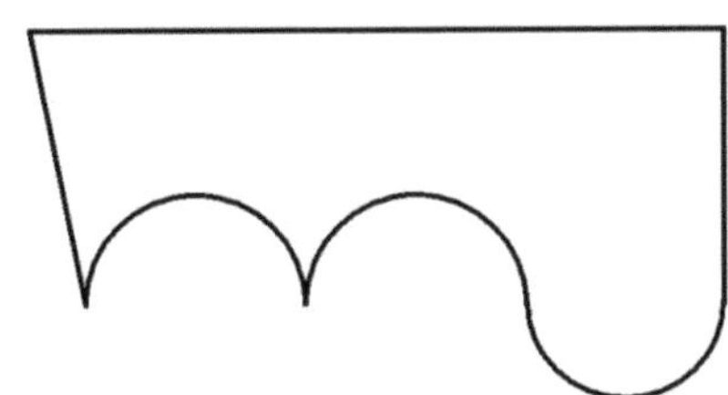

Beschreibe, wie du die Fläche der linken Figur berechnen kannst.

b) Karl fährt in den Urlaub. Er kann eine Durchschnittsgeschwindigkeit von 95 km/h erreichen. Berechne, wie lange er auf einer Strecke von 600 km braucht, wenn er zusätzlich eine Pause von 30 Minuten macht.

c) Wie viele Stunden hast du bisher in deinem Leben geschlafen? Kreuze die Lösung an, die der wirklichen am nächsten kommt.

☐ 5.000   ☐ 50.000   ☐ 500.000   ☐ 5.000.000

d) Berechne, wie viel Luft in einen quaderförmigen Karton passt, der 40 cm breit, 6 cm lang und 20 cm hoch ist? Gib deine Lösung auch in Litern an!

e) Bei einer Hockey-Europameisterschaft spielen 8 Mannschaften mit. Sie spielen in 2 Gruppen mit je 4 Teams jeder gegen jeden. Nach den Gruppenspielen gibt es noch die beiden Halbfinale sowie das Spiel um Platz 3 und das Finale. Ein Spiel dauert 2 x 35 Minuten. Ein Spiel wird von 2 Schiedsrichtern geleitet.

> **e1)** Berechne, wie lang die reine Spielzeit solch einer EM ist.

> **e2)** Berechne, wie viele Schiedsrichter benötigt werden, wenn jeder nur einmal eingesetzt werden soll.

> **e3)** Berechne, wie lange ein Spieler auf dem Platz ist, wenn er jedes Spiel seiner Mannschaft komplett bestreitet und Europameister wird.

f)

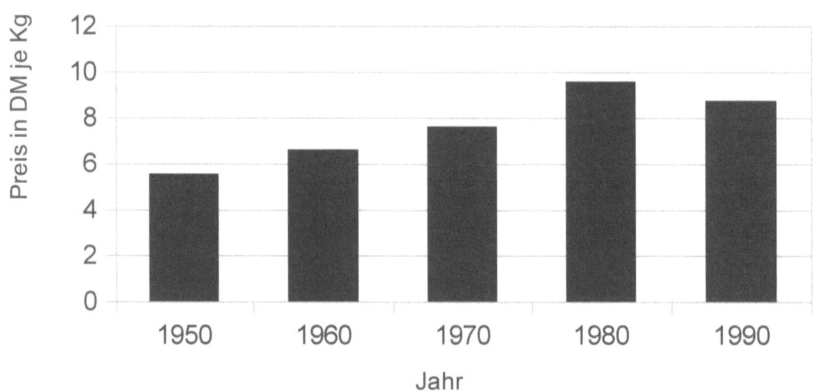

Hier ist die Entwicklung des Butterpreises von 1950 bis 1990 zu sehen.

f1) Gib an, wann der Preis am höchsten war und wie hoch er war.

f2) Bestimme, wann der höchste Anstieg zu beobachten war.

f3) Bestimme, was 1990 ein Päckchen Butter gekostet hat. (Tipp: Ein Päckchen Butter beinhaltet 250 g.)

100

Prüfungsteil 2: Aufgabe 2

In Getreidefeldern sind oft sogenannte Kornkreise zu finden. Das sind kreisrunde Gebiete im Feld, in denen die Kornpflanzen umgeknickt sind.

a) Stell dir einen Kornkreis mit einem Durchmesser von 25 Metern vor. Berechne, wie groß die Fläche ist, auf der die Pflanzen umgeknickt sind.

b) Bestimme, wie weit du gehen musst, wenn du diesen Kreis einmal umrunden möchtest.

c) Stell dir vor, dass der Bauer pro Quadratmeter Korn 2,50 € an Einnahmen kalkuliert hat. Berechne, wie groß sein Ausfall ist.

d) Bestimme, welche Maße ein Quadrat haben müsste, um die gleiche Fläche zu haben.

e) Das komplette Feld hat eine rechteckige Form. Die Breite ist 150 Meter und die Länge 250 Meter. Berechne, wie groß die Fläche ist, auf denen das Korn nicht umgeknickt ist.

f) Berechne, wie groß die Einnahmen gewesen wären, wenn der Kornkreis nicht entstanden wäre.

Prüfungsteil 2: Aufgabe 3

Bei einem neuen Spiel wird ein Spielwürfel mit 10 gleichen Flächen benötigt. Es kommen die Zahlen 1 bis 9 vor, wobei die 9 zweimal zu finden ist.

a) Mark und Bettina fragen sich, ob der Würfel richtig funktioniert. Daher testen sie diesen Würfel und werfen ihn 200 mal. Dabei kommen sie auf folgende Ergebnisse:

Zahl	1	2	3	4	5	6	7	8	9
Trefferanzahl	22	17	21	19	23	18	17	19	44

    a1) Bestimme jeweils die relativen Häufigkeiten.

    a2) Entscheide begründet, ob der Würfel „fair" ist.

    a3) Berechne, wie groß die relative Häufigkeit einer ungeraden Zahl ist.

b) Bestimme, wie groß die Wahrscheinlichkeiten für die 3 und die 9 sind.

c) Bei dem Spiel ist es am besten, wenn man eine 9 wirft. Zeichne einen Wahrscheinlichkeitsbaum, wenn man zweimal werfen muss!

    c1) Bestimme die Wahrscheinlichkeit für zweimal 9.

    c2) Bestimme die Wahrscheinlichkeit für mindestens eine 9.

    c3) Bestimme die Wahrscheinlichkeit, keine 9 zu werfen.

d) Beim ersten Spiel schafft es Bettina, dreimal hintereinander einen Neunerpasch zu werfen. Berechne die Wahrscheinlichkeit, dass dies nun auch Mark schafft.

e) Entscheide begründet, welche Möglichkeit du wählen würdest um eher zu gewinnen, wenn es darum gehen würde, entweder eine Zahl größer als 6 oder bis 6 zu werfen.

Prüfungsteil 2: Aufgabe 4

Wolfgang überlegt sich, einen neuen Handyvertrag abzuschließen. Dabei interessieren ihn nur die „normalen" Minutenpreise zum Telefonieren. Bei seiner Suche nimmt er 3 Verträge in die engere Wahl.

- **Vertrag 1:** 10 € Grundgebühr und 3 Cent pro Minute.

- **Vertrag 2:** Keine Grundgebühr und 11 Cent pro Minute.

- **Vertrag 3:** Flatrate für 25 € im Monat

a) Bestimme, was er jeweils bezahlen müsste, wenn er 100 Minuten telefoniert.

b) Stelle jeweils eine Funktionsgleichung für alle 3 Verträge auf.

c) Bestimme, wie lange Wolfgang telefonieren müsste, damit Vertrag 1 günstiger ist als Vertrag 2.

d) Entscheide begründet, ab wann sich Vertrag 3 lohnt.

e) Zeichne alle 3 Funktionen in ein Koordinatensystem und überprüfe deine Ergebnisse aus c) und d)!

f) Berechne, um wie viel Prozent Vertrag 3 teurer ist als Vertrag 1 und 2, wenn Wolfgang nur 10 Minuten telefoniert.

8.4 Prüfung 3

Prüfungsteil 1: Aufgabe 1 (Lösung. S. 126)

a) Berechne den Flächeninhalt der folgenden Figur. Gib dein Ergebnis in dm² an.

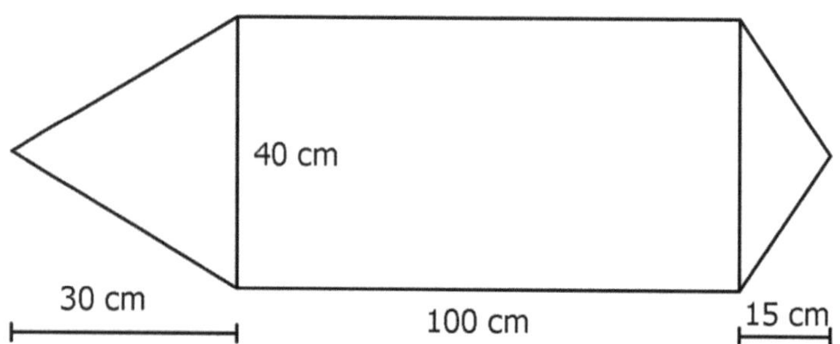

b) Ein menschliches Haar wächst ca. einen Millimeter innerhalb von drei Tagen. An einem Tag wachsen alle Haare zusammen durchschnittlich 30 Meter.

    i.   Berechne, wie lange ein Haar benötigt, um 5 cm zu wachsen.

    ii.   Berechne, wie viele Haare ein durchschnittlicher Mensch auf dem Kopf hat, wenn man von den oben genannten 30 Metern Wachstum am Tag ausgeht.

c) Finn fährt mit seinem neuen Mofa von Bonn nach Köln. Die Distanz beträgt in etwa 30 Kilometer. Dafür benötigt er normalerweise ca. 60 Minuten.
Heute hat er allerdings eine Panne, so dass er nur bis Wesseling kommt. Wesseling ist etwa 14 Kilometer von Bonn entfernt. Berechne, wie lange Finn unterwegs war, wenn seine Panne genau in Wesseling aufgetreten ist.

d) Laura sieht im Zoo unter anderem Pelikane und Zebras. Nach dem Besuch stellt sie ihrer Freundin Kathrin folgende Aufgabe:
Bei den Pelikanen und Zebras habe ich insgesamt 22 Köpfe und 58 Beine gesehen. Kannst du mir sagen, wie viele Pelikane und Zebras es waren?
Unterstütze Kathrin und bestimme, wie viele Pelikane und Zebras in dem Gehege waren.

e) Bei einem normalen Würfel scheint etwas nicht zu stimmen. Bei 200 Würfen erhältst du folgendes Ergebnis:

Zahl	1	2	3	4	5	6
absolute Häufigkeit	12	13	11	14	12	
relative Häufigkeit	6%	6,5%		7%		

   i.   Vervollständige die Tabelle.

   ii.   Kai sagt, dass mit diesem Würfel irgendetwas nicht stimmt und er gezinkt sein muss. Entscheide, ob er Recht hat. Begründe deine Entscheidung.

   iii.   Bei einem Spiel gewinnst du, wenn du möglichst häufig die 1 oder 6 würfelst. Entscheide, ob du dieses Spiel lieber mit dem obigen Würfel oder mit einem normalen Würfel spielen würdest.

Prüfungsteil 2: Aufgabe 2

Eine Litfaßsäule hat die Form eines Zylinders. Sie ist 5 Meter hoch und hat einen Durchmesser von einem Meter.

a) Berechne, wie viel Platz auf der Säule ist, um Plakate anzukleben.

b) Die Firma „Werbung hier!" möchte die Flächen auf der Säule für 50 € pro Quadratmeter und Monat vermieten.

   i.   Berechne, wie viel die Firma im Jahr einnehmen würde, wenn die Flächen das ganze Jahr über vollständig vermietet wären.

   ii. Berechne, welchen Gewinn die Firma hätte, wenn sie 70 % der Flächen vermietet hätte und 60 % der Einnahmen als Kosten (Steuer, Werbung, Personal, …) abziehen müsste.

c) Als „Deckel" soll ein Kegel auf der Säule platziert werden. Dieser „Deckel" soll eine Höhe von 50 cm haben.

   i.   Erstelle eine Skizze zu der Säule mit Deckel.

   ii. Berechne den Rauminhalt (das Volumen) der gesamten Säule.

d) Die Firma kommt auf die Idee, den Innenraum als Toilette zu nutzen. Dafür müsste eine Tür mit einer Höhe von 2,20 m und einer Breite von 1 m eingebaut werden (vernachlässige bei der Rechnung, dass diese Tür eigentlich gewölbt sein sollte).
Dadurch geht der Firma wertvolle Werbefläche verloren. Berechne, wie viele Besucher die Toilette nutzen müssten, damit sie genau so viel einnehmen würden wie bei der Werbeflächenvermietung, wenn die Nutzung der Toilette jeweils 0,50 € kosten würde.

Prüfungsteil 2: Aufgabe 3

Im folgenden Koordinatensystem siehst du eine Parabel f und eine Gerade g.

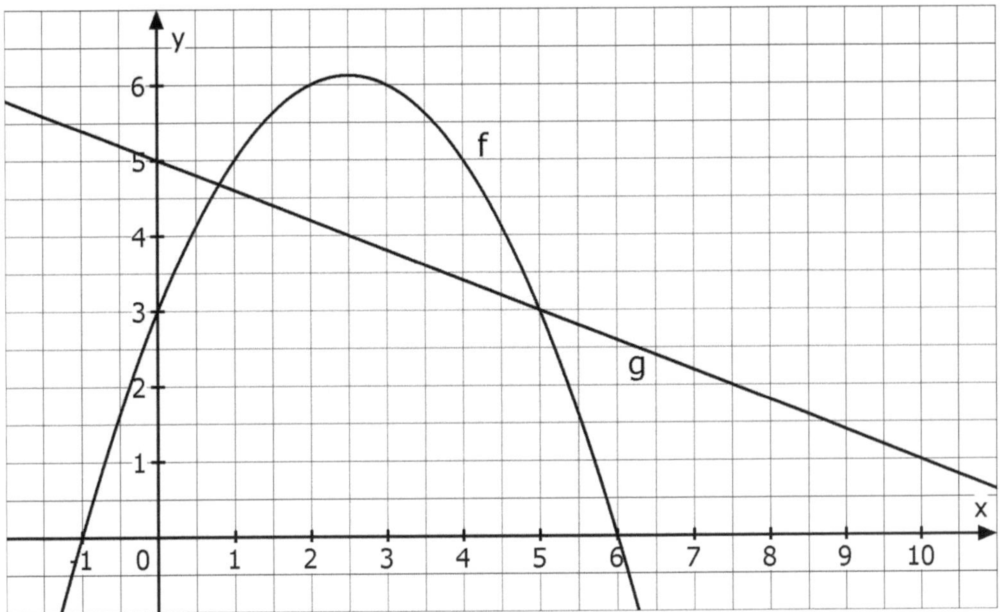

Die Parabel f hat die Funktionsgleichung $y = -0{,}5 \cdot x^2 + 2{,}5 \cdot x + 3$.

a) Bestimme den y-Achsenabschnitt der Parabel f.

b) Lies den Scheitelpunkt von f so gut wie möglich aus der Zeichnung ab.

c) Bestätige durch eine Rechnung, dass die Parabel f auch durch die Funktionsgleichung $y = -0{,}5 \cdot (x - 2{,}5)^2 + 6{,}125$ beschrieben werden kann.

d) Erläutere, wie man auf die Funktionsgleichung $y = -\dfrac{2}{5} \cdot x + 5$ für die Gleichung der Geraden g kommt.

e) Berechne den Schnittpunkt der Geraden g und der Parabel f.

f) Bestimme die beiden Nullstellen der Parabel f.

Prüfungsteil 2: Aufgabe 4

Bei einem CD-Wechsler besteht die Möglichkeit, zwei CDs gleichzeitig einzulegen und hintereinander oder durch eine Zufallsfunktion auch „durcheinander" zu hören.
Steffi sieht solch einen CD-Wechsler für 129,- € im Elektronikfachgeschäft.

a) Da sie in dem Geschäft Stammkundin ist, gewährt ihr der Besitzer 5 % Rabatt. Berechne, was Steffi für den CD-Wechsler bezahlen müsste.

b) Zusätzlich kauft sie noch zwei Singles zu einem Preis von jeweils 5,95 €. In der Werbung gibt es die Aktion, dass der Kunde beim Kauf zweier preisgleicher Teile 25 % Rabatt auf den zweiten Artikel erhält. Berechne, was Steffi für die beiden Singles bezahlen muss.

c) Zuhause probiert sie den CD-Wechsler mit den beiden Singles aus. Auf der ersten Single sind 4 Lieder und auf der zweiten 3 Lieder. Sie möchte das Zufallsprogramm nutzen, da sie sich nicht entscheiden kann, welche Single sie zuerst anhören möchte.

    i. Zeichne ein Baumdiagramm.

    ii. Berechne die Wahrscheinlichkeit, dass das erste Lied der ersten Single zuerst abgespielt wird.

    iii. Berechne die Wahrscheinlichkeit, dass das letzte Lied der zweiten Single zuerst abgespielt wird.

    iv. Entscheide begründet, ob es wahrscheinlicher ist, dass das erste oder das zweite Lied der ersten Single zuerst abgespielt wird.

9 Lösungen

9.1 Lösungen Übungsaufgaben

Lösungen: Bruchteile erkennen und bestimmen (S. 17)

Ich verzichte hier absichtlich auf das Kürzen, um die Ergebnisse anschaulicher zu gestalten.

Aufgabe 1: a) $\dfrac{273}{560}$ b) $\dfrac{287}{560}$

Aufgabe 2: a) $\dfrac{4}{31}$ b) $\dfrac{2}{31}$

c) Er hat mindestens 3 Kugeln gekauft. Genau sagen kann man es nicht, denn er kann von einer Sorte auch mehrere Kugeln gekauft haben.

Aufgabe 3:

a) Frank: $\dfrac{12}{29}$; Judith: $\dfrac{8}{29}$; Julian: $\dfrac{7}{29}$; Hanna: $\dfrac{1}{29}$

b) $\dfrac{1}{29}$

c) Frank: $\dfrac{12}{28}$; Judith: $\dfrac{8}{28}$; Julian: $\dfrac{7}{28}$; Hanna: $\dfrac{1}{28}$

Bei Aufgabenteil a) fließen alle Stimmen mit ein. Es wurden 29 Stimmen abgegeben, also ist der Nenner 29. Im Gegensatz dazu interessiert die ungültige Stimme bei Aufgabenteil c) nicht. Dort sind nur die 28 gültigen Stimmen interessant. Daher ist dort der Nenner 28.

Aufgabe 4: a) 121 Mitglieder b) 212 Mitglieder c) $\dfrac{212}{333}$

Lösungen: Rechnen mit Brüchen (S. 20)

Aufgabe 1:

a) $\dfrac{3}{6} = \dfrac{1}{2}$; $\dfrac{8}{24} = \dfrac{1}{3}$; $\dfrac{14}{42} = \dfrac{1}{3}$; $\dfrac{21}{81} = \dfrac{7}{27}$; $\dfrac{12}{66} = \dfrac{2}{11}$

b) $\dfrac{100}{50.000} = \dfrac{1}{5.000}$; $\dfrac{64}{512} = \dfrac{1}{8}$; $\dfrac{81}{243} = \dfrac{1}{3}$; $\dfrac{49}{343} = \dfrac{1}{7}$; $\dfrac{110}{1210} = \dfrac{1}{11}$

Aufgabe 2: a) $\dfrac{2}{3} = \dfrac{24}{36}$ (mit 12); $\dfrac{5}{7} = \dfrac{65}{91}$ (mit 13)

b) $\dfrac{21}{81} = \dfrac{84}{324}$ (mit 4); $\dfrac{4}{16} = \dfrac{100}{400}$ (mit 25)

Aufgabe 3:   **a)** $? = 6$ (mit 3 erweitert); $? = 1$ (mit 25 gekürzt)

                    b) $? = 98$ (mit 14 erweitert); $? = 32$ (mit 3 gekürzt)

Aufgabe 4:   **a)** $\frac{3}{7} + \frac{5}{7} = \frac{8}{7}$; $\frac{17}{20} + \frac{15}{20} - \frac{12}{20} = \frac{20}{20} = 1$; $\frac{2}{5} + \frac{4}{10} = \frac{2}{5} + \frac{2}{5} = \frac{4}{5}$;

$$2\frac{1}{3} + 5\frac{2}{7} - 2\frac{1}{14} = 2\frac{14}{42} + 5\frac{12}{42} - 2\frac{3}{42} = 5\frac{23}{42}$$

b) $\frac{3}{7} \cdot \frac{5}{7} = \frac{15}{49}$; $\frac{17}{20} : \frac{15}{20} = \frac{17}{20} \cdot \frac{20}{15} = \frac{17}{15}$; $\frac{2}{5} \cdot \frac{25}{36} : \frac{5}{18} = \frac{5}{18} \cdot \frac{18}{5} = 1$;

$$\frac{2}{3} \cdot \frac{18}{24} - \frac{15}{45} : \frac{36}{54} = \frac{1}{2} - \frac{15}{45} \cdot \frac{54}{36} = \frac{1}{2} - \frac{1}{2} = 0$$

<h2 style="text-align:center">Lösungen: Zuordnungen (S. 23)</h2>

Aufgabe 1:   Antwort: 4 €

Aufgabe 2:   Antwort: 750 g

Aufgabe 3:   Antwort: 20 Tage.

Aufgabe 4:   Antwort: Diese Aufgabe ist nicht lösbar. Nicht alle Aufgaben können mit der Mathematik gelöst werden.

Aufgabe 5:   Antwort: Er bekommt 22 € ausbezahlt. Da er 14 Freunde dabei hat, musste er also insgesamt 15 Karten und Gutscheine kaufen (für sich auch) und bezahlt somit jeweils 11 € pro Person.

Aufgabe 5:   Antwort: 6 Gedichte (es fehlen noch 42 Gedichte und es sind 7 Freundinnen).

<h2 style="text-align:center">Lösungen: Prozent- und Zinsrechnung (S. 26)</h2>

Aufgabe 1:   100 kg Trauben

Aufgabe 2:   32 Kinder

Aufgabe 3:   18 SchülerInnen waren für Christian.

Aufgabe 4:   520 €

Aufgabe 5:   Bank A zahlt 100 € Zinsen (sie bekommt also 2.100 €)

Aufgabe 6:   256,09 €

Aufgabe 7:   2.380,95 €

Lösungen: Zinseszins (S. 27)

Aufgabe 1:   3787,43 €

Aufgabe 2:   Franka würde 3.784,40 € bekommen. Franks Angebot ist besser.

Lösungen: Terme (S. 30)

Aufgabe 1:

a) $36x$; $-5a$ b) $33x + 16y + 22xy$; $-88x^2 - 107x - 129$

Aufgabe 2:

a) $-8x - 3$; $15x + 5$ b) $-24x + 26y$

c) $156a - 144b$ d) $156ax + 144bx$ e) $-3a - 2b$

f) $36x^2 + 15xy - 26y^2$ g) $36x^2 + 63xy + 26y^2$

h) 0

Aufgabe 3:

a) $9x^2 + 12xy + 4y^2$ b) $9x^2 - 12xy + 4y^2$ c) $9x^2 - 4y^2$

d) $144x^2 + 312xy + 169y^2$

e) $153x^2 + 300xy + 173y^2$ f) $135x^2 + 324xy + 165y^2$

Lösungen: Lineare Gleichungen (S. 32)

Aufgabe 1:

a) $x = 12$ b) $x = 2$ c) $x = 3$ d) $x = \frac{1}{2}$ e) $y = 1$ f) $z = 0$

Aufgabe 2: $10x + 15x = 5{,}75$ Ein Brötchen kostet 0,23 €.

Aufgabe 3: $3x + 1{,}50 = 18$ Eine Pizza kostet 5,50 €.

Aufgabe 4:   a) $4x + 1{,}20 = 21$ Ein Gedeck kostet 4,95 €.

b) 2,10 € + 2,85 €   Nein, denn einzeln kosten ein Kaffee und ein Stück Kuchen ebenfalls 4,95 €.

c) $p = \frac{W}{G} \cdot 100$ $p = \frac{1{,}20}{19{,}80} \cdot 100$ $p\,\% \approx 6{,}1\,\%$

<u>Lösungen: Vermischte Übungsaufgaben (S. 35)</u>

<u>Aufgabe 1:</u> a) $\frac{10}{21}$ **b)** $-1\frac{3}{7}$ **c)** $\frac{22}{21}$ **d)** $\frac{20}{147}$ **e)** $\frac{5}{12}$ **f)** $\frac{17}{21}$ **g)** $-\frac{1}{3}$

h) $\frac{533}{840}$ **i)** $2\frac{201}{280}$

<u>Aufgabe 2:</u> $\quad 3\frac{1}{6}$

<u>Aufgabe 3:</u> $\quad 75\,\%$

<u>Aufgabe 4:</u> Bank A 1.360,38 € Zinsen und Bank B 1.350,80 € Zinsen,

also ist Bank C die Beste.

<u>Aufgabe 5:</u>

a) Nein! 2 Maler kosten 7.000 € extra.

b) 7,5 weitere Tage, also 12,5 bzw. 13 Tage. Antwort: Ja!

c) 1 Tag länger, also 8 weitere Tage (insgesamt also 9 Tage).

<u>Aufgabe 6:</u> Löse die Gleichungen!

a) $x = 8$ **b)** $x = 7$ **c)** $x = 2$ **d)** $x = -3$ **e)** $x = 1$

<u>Aufgabe 7:</u> $\quad 2{,}40$ €

<u>Aufgabe 8:</u> Eine Kugel kostet 0,70 €. 3 Kugeln müssen mehr gekauft werden
=> 10,50 € Kosten. Nach 10 % Rabatt bleiben 9,45 €.

<u>Lösungen: Potenzen und Wurzeln (S. 38)</u>

<u>Aufgabe1:</u> a) $30\;;\;6\;;\;6\;;\;\frac{7}{4}\;;\;5$

b) $8\;;\;\frac{1}{8}\;;\;576\;;\;5\;;\;5.184\;;\;4.096\;;\;27$

<u>Aufgabe2:</u> a) $a^5\;;\;z\;;\;75^b\;;\;5^a\;;\;1$

b) $\sqrt{a \cdot b}\;;\;\sqrt{a^2} = a\;;\;\sqrt{c}\;;\;a^{\frac{1}{2}} = \sqrt{a}\;;\;(a \cdot b)^{\frac{2}{5}}$

Lösungen: Funktionen (S. 41)

Aufgabe 1: Sind die folgenden Zuordnungen Funktionen?

a) Nein, zwei Schüler können dieselbe Schuhgröße haben.

b) Ja, jeder Schüler hat eine Schuhgröße.

c) Nein, Köln hat z.B. mehr als eine PLZ.

d) Ja, jede Mannschaft hat genau einen Kapitän.

e) Nein, Schüler können mehr als ein Hobby haben.

f) Nein, Fußball spielen meistens mehrere Schüler.

Aufgabe 2: Sind das Graphen von Funktionen?

a) Nein   **b)** Ja   **c)** Nein

Lösungen: Lineare Funktionen (S. 45)

Aufgabe 1: a) und b)

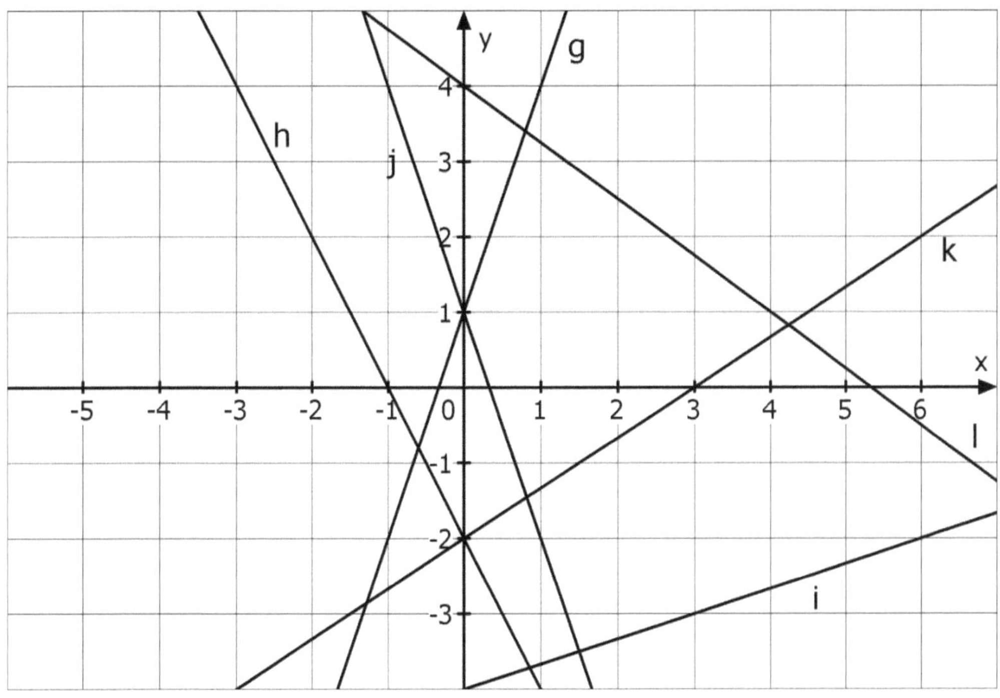

<u>**Aufgabe 2:**</u> $a: y = 6x$; $b: y = -x + 5$; $c: y = -\frac{3}{2}x - 3$; $d: y = \frac{1}{2}x + 2$

<u>**Aufgabe 3:**</u> **a)** $a: y = 2x - 5$; $b: y = \frac{1}{2}x + 3$

b) $a: y = -3x + 7$; $b: y = \frac{3}{4}x - 10$

Lösungen: Quadratische Funktionen (S. 52)

<u>**Aufgabe 1:**</u> **a)**   **b)**

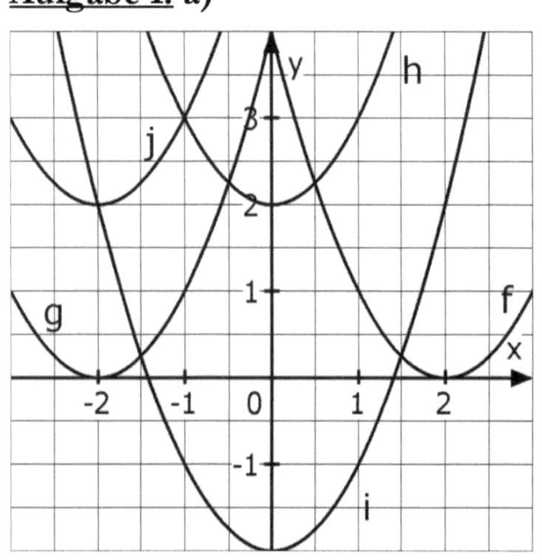
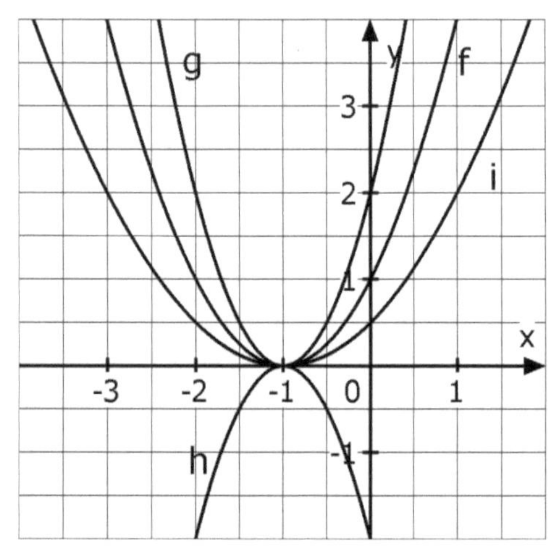

<u>**Aufgabe 2:**</u>

f: nach oben geöffnet, Faktor 10 gestreckt, Scheitelpunkt S (-2/-5)

g: nach unten geöffnet, Faktor 100 gestreckt, S (-5/3)

h: Faktor 10.000 gestaucht, nach oben geöffnet, S (0/1.000)

<u>**Aufgabe 3:**</u> **a)** $y = -(x - 2)^2 + 3$ **b)** $y = 4(x + 4)^2 - 6$ **c)** $y = -\frac{1}{3}(x - 1)^2 + 10$

<u>**Aufgabe 4:**</u> Wandle in die jeweils andere Form um!

$y = 3x^2 - 24x + 53$; $y = 0{,}25x^2 + 1{,}75x - 8{,}9375$; $y = (x + 5)^2 - 36$;
$y = 4(x - 4)^2 - 48$

<u>**Aufgabe 5:**</u> $s = \frac{1}{2} \cdot 10 \cdot t^2 = 5t^2 = 5 \cdot 5^2 = 125$

Der Springer hat noch 2.875 Meter vor sich.

Lösungen: Exponentialfunktionen (S. 55)

Aufgabe 1: a) $y = 2 \cdot 2^x$ b) 8.192   c) 13 Tage

Aufgabe 2: a) $y = 3 \cdot 2^x$ b) $y = 256 \cdot \left(\frac{1}{2}\right)^x$

Aufgabe 3: a) $y = 10.000 \cdot \left(\frac{1}{2}\right)^x$ b) 9,77 also 10   c) 0,0095 also 0

Lösungen: Gleichungssysteme (S. 59)

Aufgabe 1: $x = -1 \wedge y = -2$; $x = \frac{1}{2} \wedge y = 5$; $x = -10 \wedge y = 2$

Aufgabe 2: 10 Einzel- und 22 Doppelzimmer

Lösungen: Quadratische Gleichungen (S. 61)

Aufgabe 1: a) $x_1 = 4 \vee x_2 = 3$; $x_1 = -7 \vee x_2 = -5$; $x_1 = -\frac{1}{2} \vee x_2 = \frac{3}{4}$

b) $x_1 = -2 \vee x_2 = -5$; $x_1 = -4 \vee x_2 = 3$

Aufgabe 2: a)

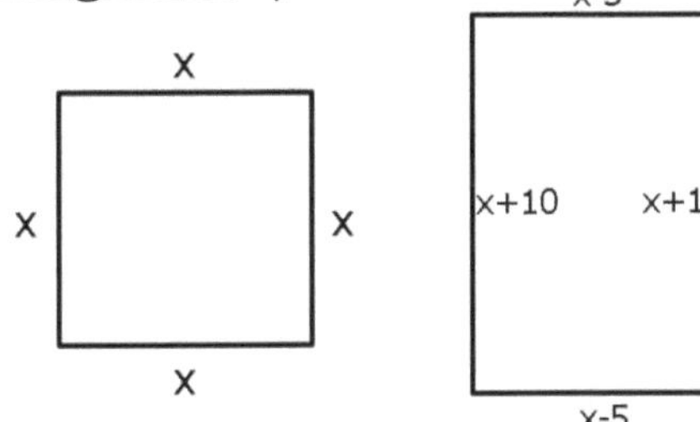

b) Quadrat: 10 m breit und lang

Rechteck: 5 m breit und 20 m lang

c) 100 m²

Lösungen: Umfänge und Flächen berechnen (S. 67)

Aufgabe 1: A = 22,5 cm²

Aufgabe 2: A = 78,54 cm² ; U = 31,4 cm

Aufgabe 3: A = 39,27 m² ; b = 7,9 m

Aufgabe 4: A = 6 cm²

Aufgabe 5: A = 64 dm²

Aufgabe 6: A = 280 cm²

Aufgabe 7:

a) Nein, Karl hat ein 220 m² und Frank ein 231 m² großes Grundstück.

b) Karl muss 544,50 € bezahlen.

c) Frank hat jetzt das trapezförmige Grundstück: U = 62 m (5 m Abzug für Eingang und Einfahrt); Kosten: 57 · 20 € = 1.140 €

Karl hat jetzt das rechteckige Grundstück: U = 64 m (5 m Abzug für Eingang und Einfahrt); Kosten: 59 · 150 € = 8.850 €

Aufgabe 8: a) 18 €   **b)** 1,24 €   **c)** 29,19 €

Aufgabe 9: a) d = 2 m; A = 3,14 m² **b)** 0,86 m² **c)** 110,18 € **d)** 21,5 %

Lösungen: Zusammengesetzte Flächen (S. 69)

Aufgabe 1: a) A = 7,5 cm²   **b)** A = 7,91 cm²

Lösungen: Oberflächen- und Volumenberechnungen (S. 71)

Aufgabe 1: 1.570,8 ml

Aufgabe 2: 9,42 m²

Aufgabe 3: a) 5.575,3 cm³ **b)** 69,1 cm **c)** 15,9 cm **d)** 1.520,53 cm²

Aufgabe 4: a) 40.023,89041 km

b) Es sind ebenfalls 15,9 cm Abstand. Also passen Maus und Katze durch. Wenn ein Mensch gut kriechen kann, dann auch er.

Lösungen: Flächensätze (S. 75)

Aufgabe 1: 19,36 m

Aufgabe 2: Nein, denn wäre es rechtwinklig, müsste die Diagonale 22,4 m lang sein.

Aufgabe 3: 141,42 m

Aufgabe 4: p = 3 cm; h = 4,2 cm; a = 7,3 cm und b = 5,2 cm

Aufgabe 5: Die Wand sollte einen rechten Winkel bilden. In diesem Fall ist der Satz des Pythagoras anwendbar. Wenn der Abstand zwischen den beiden Markierungen 50 cm lang ist, ist der Satz des Pythagoras erfüllt.

Lösungen: Strahlensätze (S. 78)

Aufgabe 1: $140\ m + 1{,}8\ m = 141{,}8\ m$

Aufgabe 2: 307,5 Meter

Aufgabe 3: 23,4 Meter

Aufgabe 4: 4,7 Meter

Aufgabe 5: 27 Meter

Lösungen: Trigonometrie (S. 81)

Aufgabe 1: $26{,}6°$

Aufgabe 2: **a)** 1.086,8 Meter **b)** $8{,}4°$ **c)** 2.020,4 Meter

Lösung: Grundbegriffe der Statistik (S. 84)

$$n = 10 \ ; \ \bar{x} = 6{,}26\ m \ ; \ m = 6{,}05\ m \ ; \ Z = \frac{6{,}05 + 6{,}67}{2} = 6{,}36\ m \ ;$$

$$x_{max} = 7{,}05\ m \ ; \ x_{min} = 4{,}99\ m \ ; \ s = 2{,}06\ m$$

Lösung: Boxplots (S. 86)

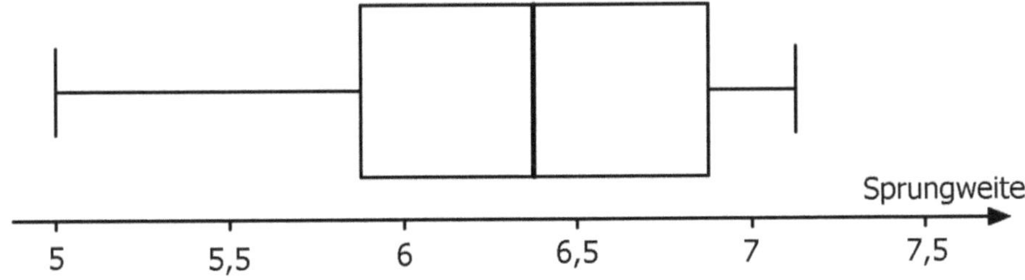

<u>**Lösungen: Diagramme erstellen (S. 88)**</u>

<u>Aufgabe 1:</u> a)

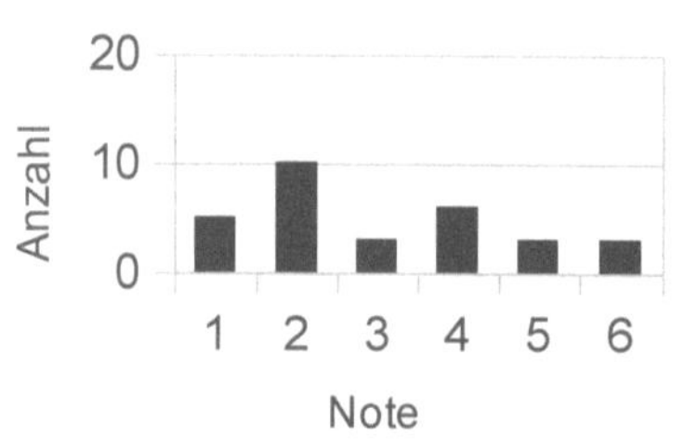

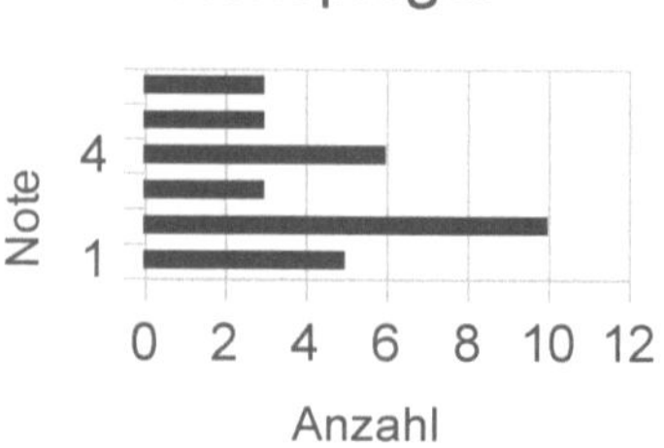

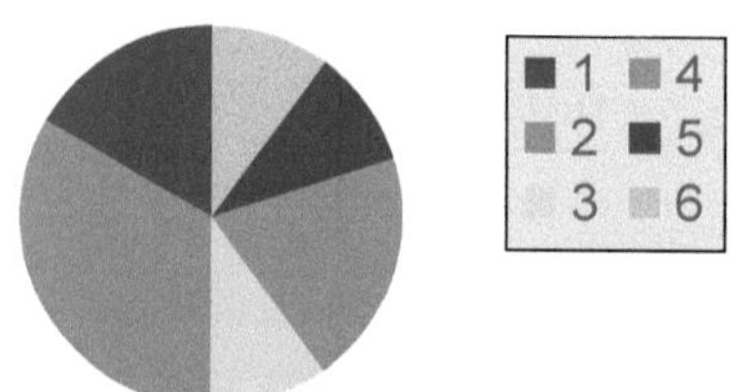

b) 3,03

c) $Z = 2{,}5$; $m = 2$; $s = 5$

<u>Aufgabe 2:</u>

a)

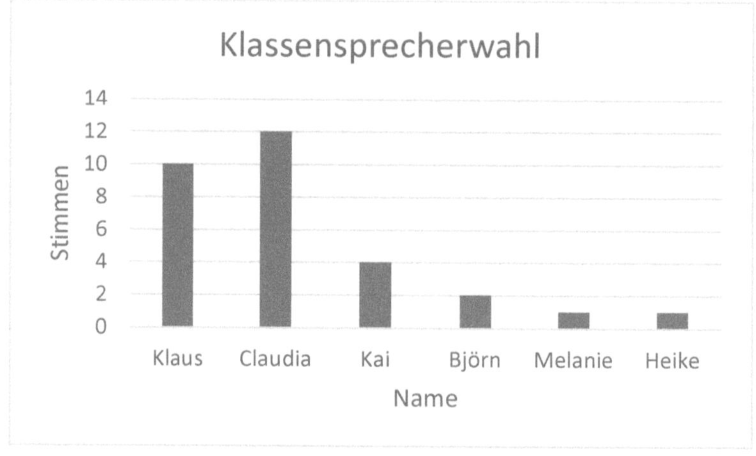

b) Claudia   **c)** 40 %   **d)** 55,6 %

<u>**Lösungen: Einstufige Zufallsexperimente (S. 90)**</u>

Aufgabe 1: a) 85 **b)** $p = \dfrac{15}{100} = \dfrac{3}{20}$ **c)** $p = \dfrac{2}{100} = \dfrac{1}{50}$

Aufgabe 2: a) $p = \dfrac{16}{32} = \dfrac{1}{2}$ **b)** $p = \dfrac{8}{32} = \dfrac{1}{4}$ **c)** $p = \dfrac{8}{32} = \dfrac{1}{4}$

d) $p = \dfrac{24}{32} = \dfrac{3}{4}$ **e)** $p = \dfrac{0}{32} = 0$ **f)** $p = \dfrac{32}{32} = 1$

Aufgabe 3: Nicht zu entscheiden. Das ist kein Zufallsversuch!

Aufgabe 4: *Jonas*: $\dfrac{96}{112} = 85{,}7\ \%$ *Gustav*: $\dfrac{112}{150} = 74{,}7\ \%$

Also sollte Gustav werfen.

<u>**Lösungen: Mehrstufige Zufallsexperimente (S. 93)**</u>

Aufgabe 1:

a) $p = \dfrac{12}{992} + \dfrac{112}{992} + \dfrac{112}{992}$

$\quad = \dfrac{59}{248}$

b) $p = \dfrac{112}{992} = \dfrac{7}{62}$

c) $p = \dfrac{112}{992} = \dfrac{7}{62}$

d) $p = \dfrac{112}{992} + \dfrac{112}{992} + \dfrac{756}{992} = \dfrac{245}{248}$

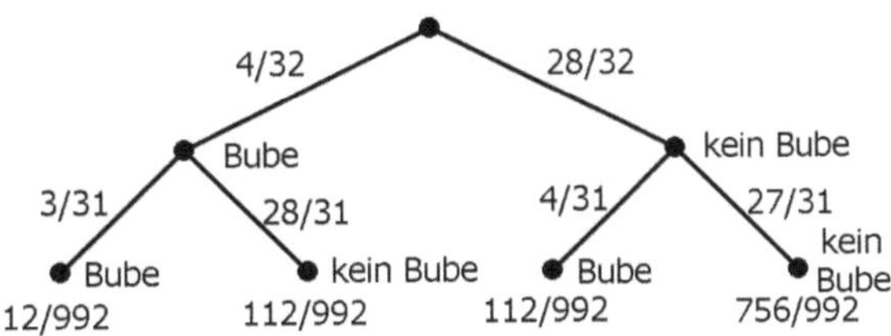

Aufgabe 2:

a) $\dfrac{4}{25}$ **b)** $\dfrac{9}{25}$ **c)** $\dfrac{13}{25}$

d) $\dfrac{12}{25}$ **e)** $\dfrac{6}{25}$

f) 0 **g)** $\dfrac{6}{25}$

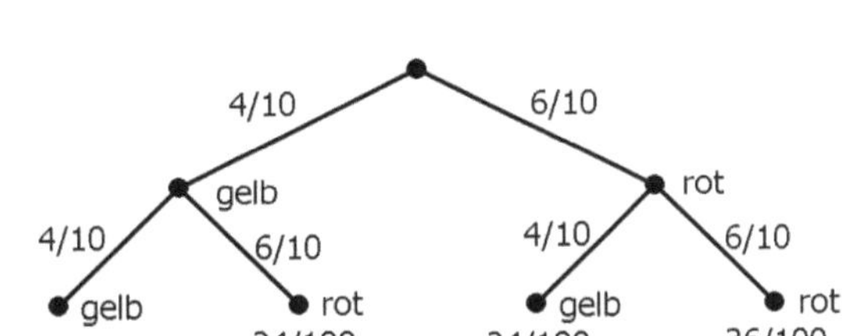

<u>**Aufgabe 3:**</u>

a) $\dfrac{2}{15}$ b) $\dfrac{1}{3}$

c) $\dfrac{7}{15}$ d) $\dfrac{8}{15}$

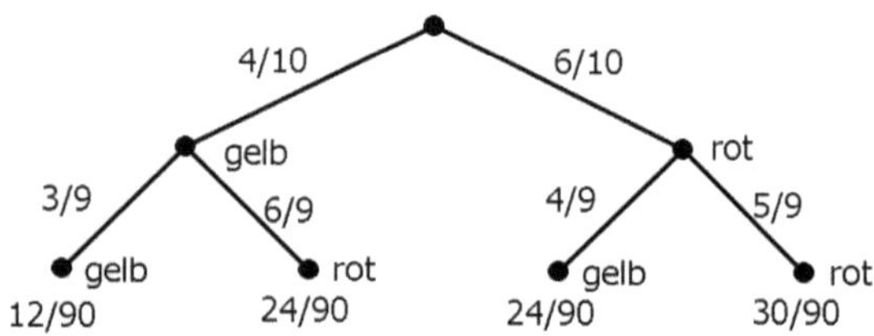

120

Aufgabe 1:

a)

b) 2,5 Aufträge können pro Stunde abgewickelt werden. Mit dem Samstag und den 10 Stunden kommt man genau auf 150. Es klappt also.

c)

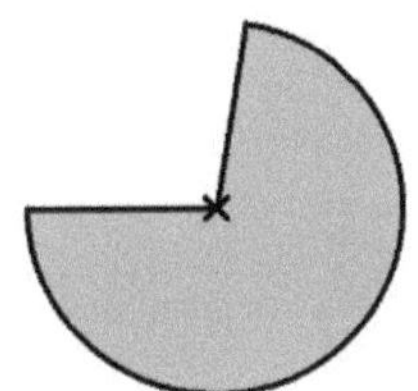

Es ist etwas weniger als ein Dreiviertelkreis. Dieser hätte einen Flächeninhalt von 58,9 cm². Also sind es etwa 58 cm².

d)   **d1)** 52 mm (ein Jahr hat etwa 52 Wochen)

d2) 1 m = 1.000 mm, also 1000 : 52 = 19,23. Also etwa 19-19,5 Jahre.

e)   **e1)** 15.300.000 €   **e2)** 800.000 €   **e3)** 10.000

f)   **f1)** Die Entwicklung der Bevölkerung von NRW in den Jahren 1930-2010.

f2) 2000. Es sind etwa 18.000.000.

f3) Falsch, von 2000 bis 2010 sind es weniger geworden.

Aufgabe 2:

a) 70 m   **b)** Etwas mehr als 12 Meter Höhe in einer Entfernung von 35 Metern.

c) iii), denn i) ist eine nach oben geöffnete Parabel und ii) eine lineare Funktion.

d) 50 m (Hier musst du die Nullstelle ausrechnen.)

e) 90 m, da Parabeln symmetrisch sind.

Aufgabe 3:

a) Nichts, es sei denn die Bank löst den Vertrag auf, dann sind es 10.000 €, erst nach 5 Jahren wären es 12.800 €   **b)** 2.762,82 €

c)

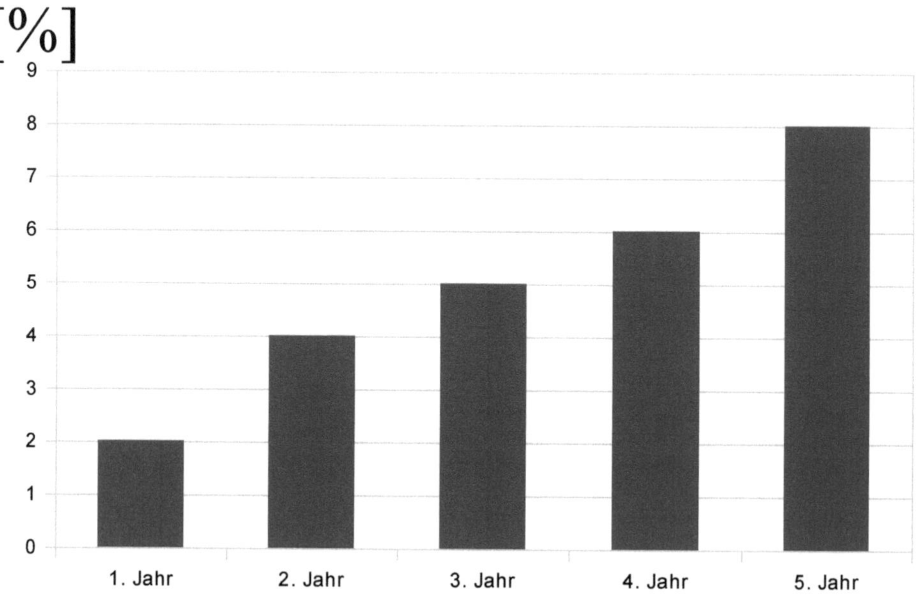

d) Angebot 2, denn bei Angebot 3 bekommt man „nur" 2.751,24 € Zinsen.

Aufgabe 4:

a) $2 \cdot \pi \cdot r \approx 18{,}8\ cm$ **b)** $10\ cm \cdot 18{,}8\ cm = 188\ cm^2$

c) $V = \pi \cdot r^2 \cdot h \approx 848{,}23 cm^3 = 0{,}848\ l$ Das Glas fasst nicht mal 1 Liter, wenn keine Würstchen drin sind.

d) $O = \pi \cdot r^2 + 2 \cdot \pi \cdot r \cdot h \approx 0{,}0594 m^2$ und $0{,}0594 \cdot 2€ \approx 0{,}12€$!!ACHTUNG!! Hier müssen die Werte für r und h zuerst in Meter umgerechnet werden.

e) 30 cm x 24 cm x 30 cm

122

Aufgabe 1:

a)

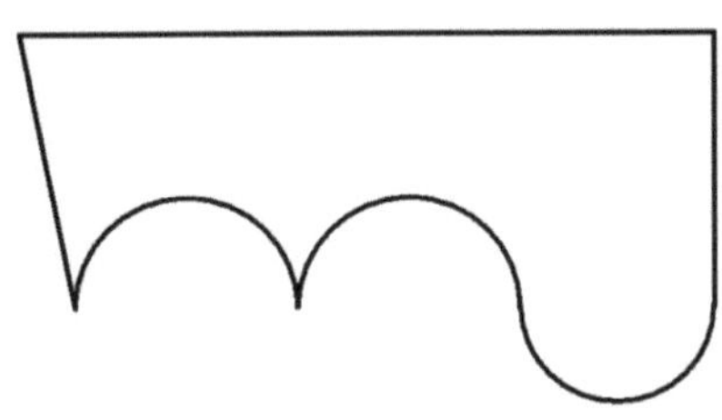

Ziehe eine Strecke, die aus den 3 Durchmessern der 3 Kreise besteht.

Von der Fläche des entstandenen Trapezes werden die beiden linken Halbkreise subtrahiert, der rechte Halbkreis wird dazu addiert.

b) 6,82 h = 6 h und 49 Minuten.

c)

☐ 5.000   ☒ 50.000   ☐ 500.000   ☐ 5.000.000

d) 48000 cm³ = 48 l

e)

e1) 16 (*Spiele*) · 70 *Min.* = 1.120 *Min.* = 18 *Stunden und* 40 *Min.*

e2) 32

e3) 5 (*Spiele*) · 70 *Min.* = 350 *Min.* = 5 *Stunden und* 50 *Min.*

f)

f1) 1980, ca. 9,75 DM **f2)** von 1970 bis 1980. **f3)** 8,75DM : 4 = 2,19 DM

Aufgabe 2:

In Getreidefeldern sind oft sogenannte Kornkreise zu finden. Das sind kreisrunde Gebiete im Feld, in denen die Kornpflanzen umgeknickt sind.

a) $490,87\,m^2$ **b)** $78,54\,m$ **c)** $1.227,18\,€$ **d)** $\sqrt{490,87} \approx 22,16\,[m]$

e) $250 \cdot 150 - 490,87 = 37.009,1\,[m^2]$ **f)** $250 \cdot 150 \cdot 2,5 = 93.750\,[€]$

<u>**Aufgabe 3:**</u>

Bei einem neuen Spiel wird ein Spielwürfel mit 10 gleichen Flächen benötigt. Es kommen die Zahlen 1 bis 9 vor, wobei die 9 zweimal zu finden ist.

a) Mark und Bettina fragen sich, ob der Würfel richtig funktioniert. Daher testen sie diesen Würfel und werfen ihn 200 mal. Dabei kommen sie auf folgende Ergebnisse:

Zahl	1	2	3	4	5	6	7	8	9
Trefferanzahl	22	17	21	19	23	18	17	19	44
rel. H.	0,11	0,085	0,105	0,095	0,115	0,09	0,085	0,095	0,22

a2) Ja, denn es sind keine großen „Ausreißer" dabei (die 9 kommt doppelt so oft vor, da es 2 Flächen mit der 9 gibt). Auf annähernd gleiche Werte kommt man bei 200 Würfen nicht.

a3) 0,635

b) für die 3: 0,1 und für die 9: 0,2

c) Bei dem Spiel ist es am besten, wenn man eine 9 wirft. Zeichne einen Wahrscheinlichkeitsbaum, wenn man zweimal werfen muss!

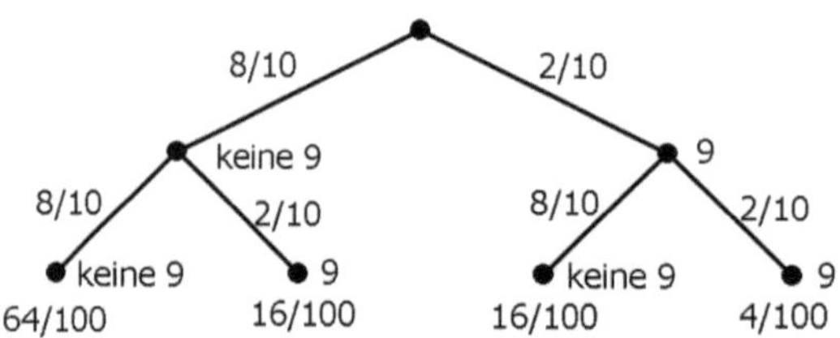

c1) $\dfrac{4}{100} = \dfrac{1}{25}$ **c2)** $1 - \dfrac{64}{100} = \dfrac{36}{100} = \dfrac{9}{25}$ **c3)** $\dfrac{64}{100} = \dfrac{16}{25}$

d) $\dfrac{1}{25} \cdot \dfrac{1}{25} \cdot \dfrac{1}{25} = \dfrac{1}{15.625}$ **e)** *kleiner oder gleich 6, denn:* $\dfrac{6}{10} = \dfrac{3}{5}$

<u>Aufgabe 4:</u>

Wolfgang überlegt sich, einen neuen Handyvertrag abzuschließen. Dabei interessieren ihn nur die „normalen" Minutenpreise zum Telefonieren. Bei seiner Suche nimmt er 3 Verträge in die engere Wahl.

- **Vertrag 1:** 10 € Grundgebühr und 3 Cent pro Minute.

- **Vertrag 2:** Keine Grundgebühr und 11 Cent pro Minute.

- **Vertrag 3:** Flatrate für 25 € im Monat.

a) V1: 13 €;　　V2: 11 €;　　　V3: 25 €

b) $y = 0{,}03 \cdot x + 10$;　　$y = 0{,}11 \cdot x$;　　$y = 25$

c) Schnittpunkt der Graphen von V1 und V2: S(125/13,75), also 125 Min.

d) Schnittpunkt der Graphen von V1 und V3: S (500/25), also ab 500 Min.

e)

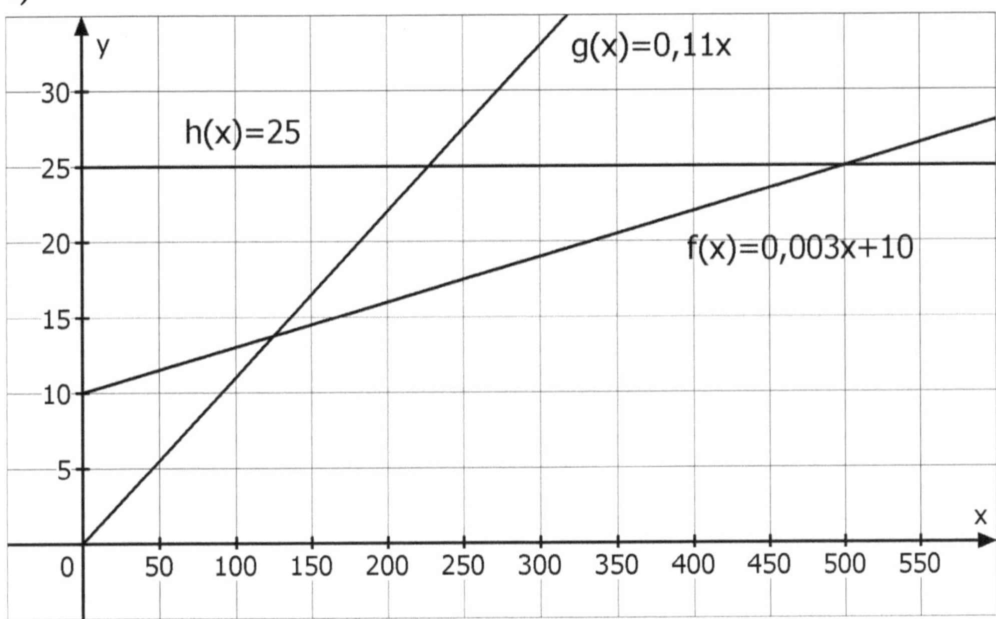

f) Vertrag 3 teurer als Vertrag 1:　142,7 % und
Vertrag 3 teurer als Vertrag 2:　2172,7 %.

9.1.3 Lösungen: Prüfung 3

Aufgabe 1:

a) Wenn F_R die Rechteckfläche, F_{DL} die Fläche des linken Dreiecks und F_{DR} die Fläche des rechten Dreiecks ist, gilt:

$$F_{ges} = F_R + F_{D_L} + F_{D_R}$$

$$F_{ges} = 40\ cm \cdot 100\ cm + \frac{40\ cm \cdot 30\ cm}{2} + \frac{40\ cm \cdot 15\ cm}{2}$$

$$F_{ges} = 4900\ cm^2$$

$$\underline{F_{ges} = 49\ dm^2}$$

b) i. 150 Tage   ii. 90.000 Haare

c) 28 Minuten

d) Wenn x die Anzahl der Zebras und y die Anzahl der Pelikane ist, dann gilt das Gleichungssystem:

$$\begin{cases} I: x + y = 22 \\ II: 4x + 2y = 58 \end{cases}$$ also gibt es 7 Zebras und 15 Pelikane

e) i.

Zahl	1	2	3	4	5	6
absolute Häufigkeit	12	13	11	14	12	**138**
relative Häufigkeit	6%	6,5%	**5,5%**	7%	**6%**	**69%**

ii. Er muss gezinkt sein, da die 6 mit einer Wahrscheinlichkeit von 69% fällt und somit nicht alle Zahlen gleich wahrscheinlich sind.

iii. Man sollte lieber mit dem gezinkten Würfel spielen, da dort zu 75% die 1 oder 6 fällt, anstatt zu $33,\overline{3}\%$.

<u>**Aufgabe 2**</u>

a) $M = 2 \cdot \pi \cdot r \cdot h = 2 \cdot \pi \cdot 0{,}5\,m \cdot 5\,m \approx 15{,}71\,m^2$

b) i. $15{,}71 \cdot 50€ \cdot 12 = 9.426\,€$

  ii. $9.426€ \cdot 0{,}7 \cdot 0{,}4 = 2.639{,}28\,€$

(70 % vermietet, daher 0,7 und 40 % Gewinn, daher 0,4)

c) i.

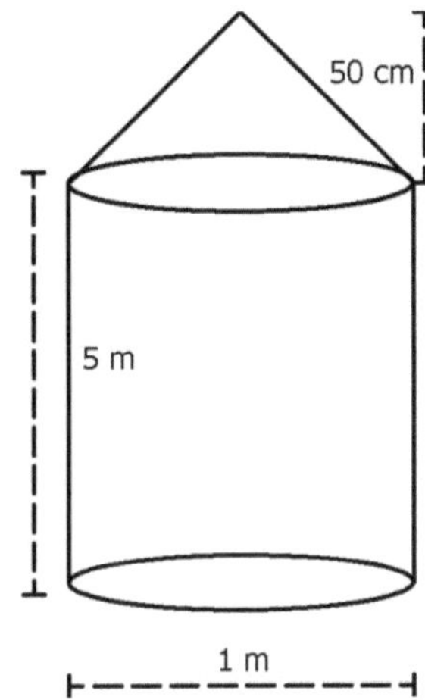

  ii. $V = \pi \cdot r^2 \cdot h_Z + \frac{1}{3} \cdot \pi \cdot r^2 \cdot h_K$

  $= 4{,}058\,m^3$

d) $2{,}2m \cdot 1m = 2{,}2m^2$ (Fläche der Tür) $2{,}2 \cdot 50 : 0{,}5 = 220$

  Es werden also 220 Besucher benötigt.

<u>**Aufgabe 3**</u>

a) y-Achsenabschnitt: 3

b) $S(2{,}5/6{,}125)$

c) $y = -0{,}5 \cdot (x - 2{,}5)^2 + 6{,}125$

  $y = -0{,}5 \cdot (x - 5x + 6{,}25) + 6{,}125$

  $y = -0{,}5x + 2{,}5x - 3{,}125 + 6{,}125$

  $y = -0{,}5x + 2{,}5x + 3$

d) Der y-Achsenabschnitt ist laut Zeichnung 5. Die Gerade verläuft durch die Punkte $P(0/5)$ und $Q(5/3)$. Mit der Steigungsformel kommt man auf die Steigung $-\frac{2}{5}$.

e) Gleichsetzen liefert: $-0{,}5x^2 + 2{,}5x + 3 = -\frac{2}{5}x + 5$

Auflösen liefert: $x^2 + 5\frac{4}{5}x + 4 = 0$

Mit der p-q-Formel erhält man $x = 5 \ v \ x = \frac{4}{5}$

Einsetzen in eine Gleichung liefert: $S_1\left(\frac{4}{5}\middle|4\frac{17}{25}\right)$ und $S_2(5|3)$

f) Nullsetzen liefert: $-0{,}5x^2 + 2{,}5x + 3 = 0$

Mit der p-q-Formel erhält man $x = 6 \ v \ x = -1$

Aufgabe 4

a) $129€ \cdot 0{,}95 = 122{,}55€$ $(0{,}95 = 95\,\%$, die sie bezahlen muss)

b) $5{,}95€ + 5{,}95€ \cdot 0{,}75 = 10{,}41€$

c) i.

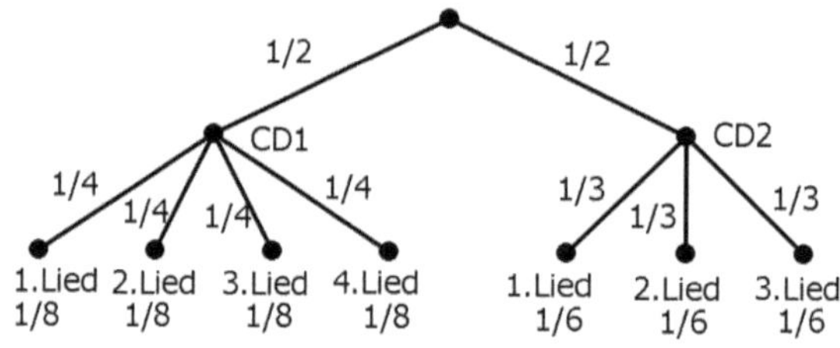

   ii. $\frac{1}{2} \cdot \frac{1}{4} = \frac{1}{8}$ ii. $\frac{1}{2} \cdot \frac{1}{3} = \frac{1}{6}$

iii. Beides ist gleich wahrscheinlich, da jedes Lied auf einer CD mit der gleichen Wahrscheinlichkeit abgespielt wird.

Stichwortverzeichnis

Absolute Häufigkeit 83

Addition 12, 13, 14, 59

Additionsverfahren....................59

allgemeine Form....................46, 49

Ankathete.....................................79

antiproportional 22

Arithmetisches Mittel 83

Assoziativgesetz 14

Basis.......................................37, 63

Binomische Formel 29, 30, 51

Blätter 92

Boxplot 85, 86

Bruch 10, 11, 15, 16, 17, 19

Daten 83, 85

Definitionsbereich.....................39

Diagramm 83, 85, 88

Differenz.....................................12

Distributivgesetz 14

Dividend 13

Division 12, 13, 14

Divisor 13

Drache 65, 66, 68, 75, 80

Dreieck .62, 63, 64, 65, 67, 72, 73, 74, 75, 79, 81

Dreisatz.........................21, 24, 64

Durchmesser.......................63, 71

echter Bruch...............................15

Einsetzungsverfahren.................57

einstufige Zufallsexperimente....89, 90

Ereignis....................89, 90, 91, 92

erweitern 16

Exponent 37, 54, 55

Faktor 13, 14, 25, 28, 52

Fläche ... 33, 61, 62, 64, 65, 66, 67, 69, 70, 71, 72, 75

Funktion21, 37, 39, 41, 42, 43, 44, 45, 46, 50, 51, 52, 53, 54, 55, 56, 60, 79

ganzen Zahlen 10, 11

Gegenkathete............................ 79

gemischte Zahl........................... 16

Gerade... 40, 42, 43, 53, 56, 62, 63

gleichnamig............................... 19

Gleichsetzungsverfahren............ 57

Gleichung ... 31, 32, 36, 43, 44, 54, 56, 57, 59, 60, 61

Gleichungssystem 54, 56, 59

Graph 40, 41, 42, 45, 46, 56

Grundfläche 70

Grundwert............... 21, 24, 25, 32

Höhe 52, 62, 65, 70, 71, 74, 75, 76, 78, 80, 81

Höhensatz 74

Hypotenuse........ 63, 72, 74, 75, 79

Hypotenusenabschnitt 74

Kante.................................. 38, 70

Kapital.................................. 25, 27

Karo 65

Kathete........ 63, 65, 72, 74, 79, 81

Kathetensatz........................ 74, 81

Kegel 70

Kehrwert 16, 19

Kommutativgesetz 13

Körper 62, 70

Kosinus 79, 81

Kosiunssatz 81

Kreis 40, 63, 64, 65, 67, 88

Kreisdiagramm 88

Kugel 70, 89

kürzen 16, 19

Laplace 89

Lineare Gleichung 31, 32, 56, 60

Maßeinheiten........................33

Maximum 83

Median 83, 84, 85, 88

mehrstufige Zufallsexperimente 91, 93

Menge 10, 11, 39

Minimum 83

Minuend 12

Mittelpunkt 63

Mittelwert.......................83, 84

Modalwert.................83, 84, 88

Multiplikation...........12, 13, 14, 19

natürlichen Zahlen 10, 11, 39

Nenner.............15, 16, 17, 19, 43

Normalform......................46, 60

Nullstelle 60, 61

obere Quartil........................85

Oberfläche 70

Parabel 46, 47, 48, 49, 50, 52

Parallelogramm 65, 67

Passante 63

Pfadregel 91

Potenz....................37, 38, 53

p-q-Formel..........................60

Prisma 70

Produkt 13, 91, 92

Produktregel........................91

proportional 21, 22, 42

Prozent . 21, 24, 25, 26, 32, 35, 68, 88, 90

Prozentsatz 24, 25

Prozentwert 24, 25

Pyramide........................... 70

Quader.............................. 70

Quadrat 46, 65, 67, 68, 72, 75

Quadratische Funktion 46

Quadratische Gleichung. 31, 60, 61

quadratischen Ergänzung..... 51, 60

Quartil 85

Quotient 13

Radikant 38

Radius.............................63, 67

rationalen Zahlen 10, 11

Rauminhalt 70

Raute 65

Rechteck 65, 66

rechtwinklig 65

reellen Zahlen 11

Relative Häufigkeit.....................83

Satz des Pythagoras. 72, 74, 75, 79, 81

Säulendiagramm...................... 87

Scheitelform 46, 47, 51

Scheitelpunkt 46, 49, 50, 52

Schnittpunkt 56, 57, 58, 59, 60

Seitenlinie 70

Sekante 63

Sinus 79, 81

Sinussatz 81

Spannweite.................83, 84, 88

Spitzkörper 70

Startwert 54

Statistik 83, 84, 85

Steigung 42, 43, 44, 45, 49, 77, 78, 80, 81

Steigungsdreieck 43

Steigungsformel 44

Stichprobenumfang 83, 84

Stochastik 89

Strahlensatz 76, 78, 80

Strecke 62, 63, 64, 69, 78

Streckung 47

Subtrahend 12

Subtraktion 12, 14, 59

Subtraktionsverfahren 59

Summand 12, 14, 28, 29

Summe 12, 28, 29, 70, 91, 92

Summenregel 91, 92

Tangens 79, 81

Tangente 63

Terme 28, 30

Trapez 65, 67, 68, 69

Trigonometrie 79, 81

Umfang 62, 66, 67

unechter Bruch 15

untere Quartil 85

Variable 28, 31, 57, 59

Vereinigungsgesetz 14

Vertauschungsgesetz 13

Verteilungsgesetz 14

Viereck 62, 64

Volumen 34, 70, 71

Wachstumsfaktor 54

Wahrscheinlichkeit .. 89, 90, 91, 92, 93

Wahrscheinlichkeitsrechnung 89

Wertebereich 39

Winkel .. 63, 64, 65, 67, 75, 79, 80, 81, 88

Würfel 70

Wurzel 38

x-Achse................................... 42

y-Achse 40, 42, 43, 45, 53

y-Achsenabschnitt.......... 42, 43, 45

Zähler 10, 15, 16, 17, 19, 43

Zentralwert 83, 84, 85

Zins 21, 24, 25, 26, 27, 35

Zinsen 25, 26, 27, 35

Zinseszins 27

Zinssatz 25, 26, 27

Zufallsexperiment... 89, 90, 91, 92, 93

Zufallsversuch.......................... 89

Zuordnung 21, 22, 23, 39, 41

zusammengesetzte Flächen 69

Zylinder 70